MUITO PRAZER,

MUITO PRAZER,

MINHA VIDA ANTES E DEPOIS DO YOUTUBE

Grafia atualizada segundo o Acordo Ortográfico da Língua Portuguesa de 1990, que entrou em vigor no Brasil em 2009.

Capa
Alceu Chiesorin Nunes

Projeto gráfico
Tamires Cordeiro

Crédito das imagens
Capa e pp. 2, 5, 14, 48, 94 e 116: Marlos Bakker
Quarta capa e pp. 9, 21, 33, 37, 67, 71, 82, 101, 112, 129 e 132: arquivo pessoal

Crédito das ilustrações
Mauro Souza

Preparação
Felipe Castilho

Revisão
Luciane Helena Gomide
Arlete Sousa

Dados Internacionais de Catalogação na Publicação (CIP)
(Câmara Brasileira do Livro, SP, Brasil)

RezendeEvil
Muito prazer, RezendeEvil / RezendeEvil. – 1ª ed. – Rio de Janeiro : Suma, 2018.

ISBN 978-85-5651-070-9

1. Memórias 2. Narrativas pessoais – Literatura infantojuvenil 3. RezendeEvil I. Título.

18-16457 CDD-028.5

Índices para catálogo sistemático:
1. Lembranças pessoais : Literatura infantojuvenil 028.5
2. Lembranças pessoais : Literatura juvenil 028.5

Maria Paula C. Riyuzo – Bibliotecária – CRB-8/7639

EDITORA SCHWARCZ S.A.
Praça Floriano, 19, sala 3001 — Cinelândia
20031-050 — Rio de Janeiro — RJ
Telefone: (21) 3993-7510
www.companhiadasletras.com.br
www.blogdacompanhia.com.br
facebook.com/editorasuma
instagram.com/editorasuma
twitter.com/Suma_BR

Ao Gabriel, que nunca se foi.
Ao meu pai, à minha
mãe e ao João Vitor,
que sempre estarão.

PREFÁCIO

Tudo bem, tudo bem! Concordo plenamente com vocês. Não devo ser a pessoa mais indicada para fazer este prefácio. É evidente que não vou ter nem a imparcialidade nem a erudição daqueles que normalmente são honrados com o convite para fazer o prefácio de livros. Afinal, pai é pai, e nestes momentos a emoção costuma superar a razão.

Mas existe um aspecto do livro que gostaria de ressaltar, pois só me dei conta dele quando o li, já pronto, quando nos foi enviado para aprovação final.

Fui folheando as páginas, lendo os capítulos, e percebi como toda a família estava sempre presente nas histórias. Não é um livro sobre a família, mas também não deixa de ser da família.

Em todas as situações, observei a presença da mãe, do irmão, e até a minha. Não foi programado. Lembro-me do Pedro (para mim, Rezende para vocês) ainda fazendo uma lista de assuntos que poderia abordar. Lembrávamos-nos de alguma coisa, começávamos a rir, e decidíamos se valia a pena escrever sobre aquilo ou não.

E, no final, o que apareceu foram os casos aqui relatados e a certeza de que, mesmo sem intenção, com este livro o Pedro mostra uma das suas facetas mais importantes: sua ligação com a família.

Não se trata de superproteção ou qualquer coisa parecida, pois a personalidade dele não carece disso. Trata-se simplesmente de amor, de participação, de divisão, do prazer de sempre ter um de nós por perto. E vice-versa.

Essa é a história do livro. De um garoto que sempre gostou (e continua gostando) de ter a mãe, o pai e os irmãos por perto, na hora do riso ou do choro.

Bem, ninguém pode dizer que eu não avisei nas primeiras linhas que seria difícil ser imparcial.

E tenho certeza de que muitos pais ou filhos vão acabar se identificando com muitas das histórias, pois são nada mais do que fatos do dia a dia de todos nós, evidentemente sob a ótica de um menino sempre ligado em 220 volts.

MARCOS

(Mais conhecido como "pai do Rezende".)

INTRODUÇÃO

E aí, mulekes e bonecas?!

Quando comecei a rabiscar algumas coisas, fazer anotações, relembrar certas histórias — umas engraçadas, outras nem tanto —, eu ficava me perguntando se teria coragem de oferecer esse material a alguma editora. E, se eles gostassem, eu teria coragem de publicar?

Eu tinha uma certeza muito grande em mente: não queria nada do tipo *autobiografia*. Sei lá, eu nunca entendi direito esse lance de biografia de quem ainda não viveu nem metade da vida, sabe? Sempre achei esquisito.

Mas não posso negar que as minhas anotações acabaram ganhando um quê biográfico, pois são minhas memórias. É a minha história. Boas ou ruins, alegres ou tristes, essas histórias são grande parte da vida que eu tenho experimentado até aqui.

O que acabou me dando coragem foi algo parecido com o que senti ao lançar meus três livros de aventuras no mundo de Minecraft: o prazer de saber que muitas crianças, adolescentes e até adultos podem separar um pouquinho do seu tempo, abrir o meu livro e sorrir, chorar ou até não achar nada! Mas estarão lendo.

E isso, cara, é o mais importante!

Dizem que sou filho da internet. Concordo! Mas acrescento que sou neto dos livros que sempre estiveram presentes na minha casa, e que, confesso aqui, nem sempre soube aproveitar... Meu pai sempre teve uma coleção enorme de quadrinhos — de *Recruta Zero* a *Ken Parker*, passando por *O Fantasma* e *Mandrake*. Eu sempre fui fã de *Turma da Mônica*, *Tintim*, *Asterix*. E a biblioteca de livros clássicos dele não perdia para a de quadrinhos: ele sempre lia para mim *Ilha do Tesouro*, *Moby Dick*, *O Conde de Monte Cristo*, *O último dos moicanos*... Enfim, cresci rodeado de histórias e aventuras!

Quando comecei o meu canal no YouTube, quis mostrar a todos que não precisamos ficar presos a uma única paixão. Quem gosta de internet pode (e deve) curtir livros, teatro, música... Pode gostar de desenhar, pintar, praticar esportes. Poxa, não somos aqueles NPCs dos games, programados para fazer só uma coisa. Não temos nossos papéis na vida predefinidos como num roteiro. Mas às vezes as pessoas mais velhas não percebem isso e nos rotulam de obcecados por computador. Quem nunca ouviu "Esse aí não sai da frente do computador!"? Ou ainda um "Vem almoçar, larga um pouco essa porcaria de computador!". KKKK

Eu ouvi tudo isso. E muuuito!

Mas, sempre com a ajuda de um monte de gente, escrevi meus livros e criei e apresentei minhas peças. E... me deu saudade de escrever mais um pouco. Então, aqui estão as minhas anotações, minhas miniaventuras (mais ou menos) desconectadas da realidade pixelada. Fui me lembrando de cada uma destas histórias nas longas viagens de avião (e nas igualmente longas esperas nos aeroportos), quando ia para alguma apresentação ou evento.

Espero que gostem, assim como eu gostei de relembrá-las para vocês!

MINHAS LEMBRANÇAS

DEZ LEMBRANÇAS BOAS
(E UMA VERGONHOSA)

Pode parecer bobeira, mas quando estou viajando, sozinho num quarto de hotel qualquer, sem sono e com uma internet péssima (isso é f@%$), o que me resta é voltar no tempo. Viajar para trás.

O quê?! Não entendeu?

Relaxa. Eu, Rezende, não estou viajando no tempo DE VERDADE (até porque viagem no tempo ainda não existe, infelizmente), mas a minha mente, sim. Essa viaja fácil!

Eu vou voltando cada vez mais para trás, até as minhas primeiras lembranças. Cada vez mais na direção do início de tudo. Por quê? Saudosismo, piração? Não, nada especial... Só para lembrar. Melhor ainda, só para não me esquecer de algumas coisas.

O tempo vai fluindo, e as memórias vão passando através de nós, como areia numa peneira. E acho que faço isso para segurá-las mais um pouco antes de elas escaparem. Nem sei direito o porquê, mas é legal pra caramba.

Essa é uma das coisas de que mais gosto de fazer, e descobri que sou muito bom nisso. Tanto que consegui fazer uma lista das cem coisas mais antigas e legais que lembro. Daí tirei cinquenta para não cansar vocês. Depois selecionei dez, hehe (e deixei uma vexaminosa de bônus, porque somos feitos de erros, acertos e vergonhas).

Algumas lembranças são tão antigas que eu ainda nem sabia quem eu era. Na verdade, eu não sabia de nada. Mas se essas coisas ficaram guardadas comigo, é porque devem ter algum valor...

Outras são mais recentes, mas não deixam de ser muito importantes. Vou dividir com vocês as minhas lembranças. Depois, vou deixar um espaço para você contar as suas. Se achar legal, me manda para eu ver também.

Lá vai!

Tcham tcham tcham tchaaaam...

(Leia esta parte no ritmo para criar suspense!)

1. MESA DA CASA DA VÓ

Eu me lembro de uma mesinha na casa da minha avó paterna, dona Santa. Ela tinha um dessas mesinhas de centro, manja? Que se coloca no meio da sala. Todos falam que a minha avó virava a mesinha de pernas para cima e eu ficava brincando de cavalinho, sentado na madeira que ficava debaixo do tampo e ligava os dois lados da mesa (era a sela). Dizem que eu me divertia, mas minha avó se divertia muito mais — tadinha, ela ainda não conhecia Minecraft. Não me lembro muito bem do que eu pensava enquanto "cavalgava" e brincava de ser peão. Mas a verdade é que criança se contenta com pouco e tira as coisas mais fantásticas de uma brincadeira simples.

O engraçado é que, tanto tempo depois, sempre que vejo uma mesa de centro com uma madeira embaixo me dá uma coisa estranha, um aperto no peito, uma saudade... sei lá. Eu gosto de me lembrar disso.

2. PASSEIOS DE BICICLETA

Essa lembrança consegue ser marcante mesmo sem muitos detalhes: tínhamos uma bicicleta em casa e meu pai encaixou um banquinho na frente dela para passearmos juntos nos fins de semana (naqueles sábados e domingos em que eu já estava cansado de andar de cavalo de pau na casa de minha avó).

Acho que todos já fizeram isso, não? A luz das manhãs, o vento no rosto... e, depois que aprendi a *pilotar* sozinho, me lembro do meu pai vermelho, suando pra caramba, se perguntando por que eu tinha ido tão longe e correndo atrás de mim. Poxa, já não me recordo a cor da bicicleta... Outro dia refiz um desses caminhos — mas com meu carro, e desta vez com meu pai do lado. Sem suar e sem reclamar.

3. JOÃO

Eu me lembro do nascimento do meu irmão mais novo, o João. Grande João! Grande mesmo: CINCO quilos e CINCO gramas!

(Os cinco gramas são exigência da minha mãe que não deixa arredondar para cinco quilos. Justo!)

Quando o João chegou, eu fiquei muito feliz, mas um pouco preocupado.

Sabe como é. Mais um para dividir tudo. Dividir a atenção dos pais, dividir o quarto... DIVIDIR BRINQUEDOS. Mas, surpresa para ninguém, no fim tudo foi muito legal. Aliás, ainda é! Ele é meu parceiro e eu o amo muito.

Confesso que na época, por via das dúvidas, escondi alguns brinquedos em um lugar secreto. Precaução nunca é demais! KKKK

4. TESTA FORTE PRA C@%@7&#!

Esta até dói quando lembro: até meus três, quatro anos, eu tinha a mania de, ao ser contrariado, dar cabeçadas. Pode um troço desse? Criança marrenta! Dava cabeçadas em qualquer lugar — e, se achasse ruim, cabeceava você também.

Num belo dia eu me ferrei...

(Música triste de violino.)

Dei uma cabeçada numa quina de um móvel (a ponta de um objeto quadrado é o melhor lugar pra isso, claro) e abri um talho na testa.

Lembro o desespero da minha mãe, e depois ela ligando para o meu pai, que veio correndo e me levou para a clínica médica de um amigo. Meu pai é médico, mas achou melhor ficar me segurando enquanto o amigo suturava a minha mais nova (e incompreendida) obra de arte.

Do que eu não me lembro direito — e talvez a batida seja responsável pela perda de memória — é que durante aquele sofrimento eu disse os meus primeiros palavrões! KKKK. Isso segundo meu pai.

Ele diz que morreu de vergonha, que nem sabia de onde eu tinha tirado tanto palavrão para jogar em cima do amigo dele que estava dando os pontos na minha cabeça. Pô, isso é um marco! Os primeiros palavrões a gente nunca esquece! (Mas eu esqueci.)

5. PRIMEIRO DIA DE AULA

Ah, o primeiro dia de aula! Disso eu tenho certeza que todo mundo se lembra!

O uniforme! O medo do desconhecido! A lancheira (putz, minha mãe me fez ir com uma lancheira, que mico)!

E, claro, a primeira briga. Assim mesmo, logo no primeiro dia.

Pensou que ia ser aquela coisa fofinha, bonitinha? Comigo não, mermão!

Logo no começo, depois de ter sido deixado na porta da escola por minha mãe, meu pai e meu irmão mais velho, o Gabriel (é, foi todo mundo me levar, tipo uma comitiva... é um mico atrás do outro), escolhi uma cadeirinha (daquelas bem pequenas, de pré-escola, sabem como é? Hoje só caberia uma nádega minha naquele assento) e me sentei. Aí a professora mandou levar a tal da lancheira para deixar lá na frente da sala, perto dela. Até aí tudo bem. Sei lá, ela curtia ser a Guardiã das Lancheiras. Fui lá, deixei, e quando voltei tinha uma figura sentada na minha cadeirinha.

Entendeu essa parte?

Na MINHA cadeirinha! Acho que devo ter pedido educadamente para ele sair (opa, aí a memória começa a falhar) e, como ele não saiu, fui OBRIGADO a usar a força bruta.

(Atenção: todo o trecho a seguir eu relato sem orgulho algum de meus feitos.)

Dei um empurrão nele. Nada de mais, um pequeno contato físico e de resto deixei a inércia fazer efeito (claro que eu ainda não sabia o que era inércia. Provavelmente teria pensado que era o nome de alguém. *Dona Inércia*, algo assim). Mesmo assim, ele e a cadeirinha se estatelaram no chão.

Aí já viu, né, aquela choradeira.

Só que todos os outros ao redor começaram a chorar porque o Ladrão de Cadeirinhas estava chorando! Acho que foi o primeiro caso de epidemia de choro na história da humanidade. Deveriam existir livros sobre esse dia!

Mas, enfim, voltando ao Chorapalooza: vendo tudo aquilo de criança abrindo um berreiro, achei melhor me misturar na cena do crime e começar a chorar também, senão sobraria pra mim!

E mandei aquele choro, doíííido, sentido. Aquela sofrência do fundo da alma.

A professora entrou em desespero com tanto choro. Chamou a coordenadora, que chamou a vice-diretora, que chamou a diretora, que chamou o presidente da República (este último é mentira) e só aí que tudo se resolveu.

O legal de quando a gente é criança é que tudo se resolve muito rápido, né? Daí a pouco estávamos todos brincando — inclusive eu e o Ladrão de Cadeirinhas. As pessoas deveriam levar um pouco dessa falta de rancor infantil para a vida adulta.

Mas e o nosso objeto de cobiça, a própria cadeirinha? *Ha*.

Na confusão, uma menina veio, sorrateira, e pegou a cadeirinha pra ela. Eu e meu parceiro de choro ficamos chupando dedo — e enfim a trégua foi feita. Inclusive, somos amigos até hoje! E, para não esquecermos, quando nos encontramos sempre lembramos o nosso primeiro dia de aula e ~~choramos~~ rimos muito!

6. PRIMEIRO TREINO

Meu pai sempre jogou bola. Sempre foi goleiro. Cansei de ouvi-lo dizer: "Uma das poucas coisas que eu sei fazer é jogar bola!".

Meus irmãos e eu até sabíamos quando ele soltaria o famoso bordão e já o antecipávamos. Falávamos juntos, imitando ele.

Eu acompanhava o meu pai em todos os jogos e peladas que ele ia. No intervalo, eu sempre ia pro campo ou pra quadra, e ele ficava brincando comigo. Eu ficava no gol, ele fingia que dava um chutão. Normalmente a bola passava por mim, mas ele sempre mandava um "NOSSA, QUE GOLEIRÃO!". E eu ficava todo orgulhoso, claro. Acho que ele ficou muito feliz por eu ter começado a me destacar na mesma posição que ele jogava. Mais tarde, com nove ou dez anos, meu pai ficava sempre atrás do meu gol, me orientando e berrando igual um doido. Com o tempo ele foi recuando pra ficar na torcida, sofrendo. Mas espera! Estamos avançando demais no tempo. Vamos voltar um pouco... pra quando eu tinha uns seis anos e resolvi começar a treinar.

Minha mãe me matriculou na escolinha de futsal do clube do qual éramos sócios. Cheguei lá e o professor veio falar comigo e com a minha mãe: perguntou meu nome, para qual time eu torcia, aquelas conversas... Em seguida, me colocou para fazer um aquecimento com o resto da turma. Depois dividiu os times e me botou para correr atrás da bola. No ataque, ou na defesa, sei lá, todo mundo corria pra todo lado.

Cara, eu só queria ir pro gol! Eu me achava um goleiro experientíssimo, que já treinava pelos menos quinze minutos por semana com o meu pai.

PRO GOL! Ali, no fim da quadra, no meio daqueles três ferrinhos! Não é tão difícil assim de entender, né?

Só me restava protestar. Na primeira bola dividida, dei uma de Sagat e meti uma canelada no adversário — que deixou até o professor preocupado.

Para contornar a situação, ele chegou em mim e falou:

— Pedrinho, vamos fazer o seguinte... fica um pouquinho no gol, depooois você volta pra linha, tudo bem?

Acho que ele ficou com medo de eu machucar mais alguém! Até vi depois ele se desculpando com minha mãe por ter me deixado no gol...

Ah, se ele soubesse que a canelada foi um plano perfeitamente executado!

Daquele dia em diante nunca mais deixei a posição — e nunca mais dei canelada em ninguém.

7. PRIMEIRA PLACA DE VÍDEO!

Essa lembrança já é mais recente, mas muito marcante. Todos que me conhecem sabem como eu dei os primeiros passos com meu canal. Mas, se por acaso você não souber, toma uma retrospectiva rapidinha:

Eu não conseguia passar de fase num determinado jogo (um doce para quem adivinhar: começa com RE e termina com EVIL) e aí fui na internet procurar as soluções. Então achei um monte de canais em que o pessoal explicava como jogar, como passar de fase, truques e essas coisas.

Cara, achei o máximo! Aquilo me inspirou e, então, resolvi tentar fazer o mesmo.

No começo o negócio era punk demais!

Eu não sabia nem por onde começar, tudo era muito difícil. Não sabia *o que* falar, não sabia *o que* fazer, não sabia *como* fazer. Não tinha equipamento nenhum. Cara, TE JURO, eu capturava as imagens do jogo na televisão com uma gambiarra que eu, meu pai e meu irmão inventamos. Usava uma máquina fotográfica digital em cima de três caixas de sapato, que ficava em cima de uma mesinha, direcionada para a TV.

Pode rir, eu deixo. Só rindo mesmo!

Mas eu me empolgava demais, eu vibrava quando conseguia. Mas também teve umas duas vezes que eu fiquei tão p#%o que dei um "bicudo" em tudo e quase destruí minha magnífica máquina de captura de tela.

Só que aí eu recomeçava, empilhando caixa de sapato por caixa de sapato.

Nessas eu descobri que eu podia usar uma placa de vídeo para melhorar as coisas (ela acelerava a performance do meu computador e fazia uma baita diferença na qualidade dos vídeos) e comecei a encher o saco do meu pai (que não tinha a menor ideia do que era) para ele comprar uma. Lembro que, na época, nos lugares aonde íamos lá em Londrina, ninguém sabia o que era um canal do YouTube (*You quem?! Iutubiu?!*), e poucos, *pouquíssimos* lugares vendiam essas coisas.

Fomos parar em uma lojinha muito *suspeita* onde o cara me vendeu uma placa falando que era TOP (ele não disse exatamente isso, porque as pessoas na época ainda não usavam TOP que nem hoje), que era a melhor maravilha do mundo etc.

Aí eu, todo empolgadão, "obriguei" o meu pai a comprar. Ao sair da loja, uma surpresinha: uma bela multa no carro do meu pai por estacionar em lugar proibido. Quer dizer, a gente foi até ali pra comprar uma placa, mas se esqueceu mesmo foi de ver *outra* placa.

Meu, o Marcão (meu pai) ficou roxo, vermelho, muito p#%o da vida mesmo.

Mas eu só pensava na placa!

Quando cheguei em casa, corri para instalar e... não deu certo. Não tinha nada a ver com o que eu queria! Na verdade, eu era tão desinformado que eu nem sabia direito do que eu precisava. Cara, que decepção! Imagina como eu fiquei.

No outro dia, voltamos na lojinha. Levei meu video game, minha máquina, levei tudo para explicar o que eu queria. Levei até minhas caixas de sapato.

Troquei a placa com o sentimento de "agora vai dar certo"! Estávamos confiantes! Meu pai dessa vez tomou cuidado para não estacionar em local proibido (aeeeeee), mas quando chegamos no carro, alguém tinha quebrado o retrovisor (uuuuuh).

Cara, nem te conto!

Pensei que o véi ia ter um troço! KKKKKK

(KKKK agora, né? Porque na hora eu achei que o negócio ia complicar.)

Bom, foi aí que comecei a fazer meus vídeos. Eram horríveis, qualidade ruim, nada saía do jeito que eu queria. Eu chegava a chorar de raiva, de frustração — e nessas eu deixava minha família louca! Mas comecei. E não parei mais!

Por que me lembro muito disso?

Porque tenho orgulho de não ter desistido! De ter tentado, de ter ido em frente. Ah, e também porque o meu pai até hoje fala daquela maldita multa e daquele retrovisor quebrado sempre que me perguntam como as coisas começaram.

8. PRIMEIRA SÉRIE NO CANAL!

Essa também é mais recente, mas é muito importante e muito marcante para mim, porque deixou claro que meus pais e meu irmão estariam comigo em qualquer parada que aparecesse pela frente.

Eu queria fazer uma série no Minecraft, mas não sabia o que fazer, como começar. Era 2012 e tinha uma conversa rolando de que o mundo iria acabar e tal, lembram? Bom, não acabou. Então, pedi para o meu pai tentar fazer um roteiro para mim.

Ele bolou uma história de dois arqueólogos que descobriam alguma coisa relacionada com o fim do mundo. Se chamava *Paradise* (apesar do nome, não tem nada a ver com a minha série que veio mais tarde, a Paraíso).

Ainda lembro a minha empolgação — e a da minha família também! Todo mundo ajudou. Meus pais fizeram as vozes, meu irmão ajudou na edição e ficávamos gravando de noite, pois de dia eu estudava e treinava futsal. Ficou tudo bem meia-boca, mas foi divertido e foi minha primeira série! Cara, nunca esqueço — e nunca vou esquecer.

Gosto de me lembrar disso pois foi ali que vi o esforço e o empenho da minha família em me ajudar e soube que estaríamos juntos em qualquer parada! Meu, isso não tem preço. E me sinto abençoado, porque, mesmo com tanta coisa acontecendo, continuamos juntos e unidos até hoje.

9. GABRIEL

É o meu irmão mais velho, e um eterno lembrete de que tenho que prestar atenção em tudo a minha volta, dizer o que tenho vontade de dizer.

O Gabriel é uma das melhores lembranças que tenho, mas seria injusto falar tão rapidamente sobre esse assunto. Então, mais para a frente neste livro, você vai encontrar um capítulo só dele.

10. MEU PRIMEIRO AUTÓGRAFO

Desse eu me lembro bem, e com muito carinho. Bom, não lembro o nome do inscrito, e confesso que demorei um pouco para entender o que estava acontecendo...

Eu tinha o canal, mas ainda não esperava muita coisa — apesar de me dedicar bastante. Na época, tinha sido convidado para ir jogar futebol na Itália. Aquele era meu sonho, meu primeiro objetivo. O futsal era a prioridade na minha vida.

Como a família estava ali para o que desse e viesse, minha mãe decidiu ir comigo. Cara, eu tinha tantas dúvidas! Não sabia se ia dar certo, não tinha a mínima ideia do que ia acontecer na Itália — e nem italiano falávamos. A única coisa que entendíamos era CIAO (que pode ser *oi!* mas que também pode ser *tchau!*), e abanávamos a mão sempre que alguém dizia CIAO. Até hoje tenho sequelas — se você falar CIAO perto de mim, meu braço se ergue automaticamente e acena para todos os lados.

Eita, calma! Estou me adiantando de novo. Voltando pro Brasil, antes da viagem: minha mãe sempre foi guerreira, se vira em qualquer lugar e em qualquer situação. Ela me encorajou e resolvemos ir assim mesmo. #partiu

Bom, aí eu falei no canal que eu iria lá pra Europa, né? A minha lembrança vem do Aeroporto de Cumbica, em São Paulo. Tinha chegado com a minha mãe, estava esperando a conexão que ia demorar até a noite, e fiquei lá fuçando no meu celular. De repente, do nada, ouço uma voz:

— Você me dá um autógrafo?

Meu, te juro que pensei que não era comigo. Tudo bem que eu pareço uma mistura do Shawn Mendes com o Dylan O'Brien e as pessoas às vezes se confundem (KKKKK — tô rindo mas tô chorando).

Olhei para aquele garotinho com óculos fundo de garrafa e perguntei:

— O quê? EU? É comigo? TEM CERTEZA? Não tá me confundindo com outra pessoa, não?!

Aí o jovem mancebo:

— Você é o RezendeEvil, não é?

— Sou — respondi, me tremendo todo. O menininho abriu um sorrisão.

— Então, sou seu inscrito! Vi no vídeo que você estaria aqui no aeroporto e vim te pedir um autógrafo!

Eu. Nunca. Vou. Esquecer.

Meu, eu não tinha nem uma assinatura... Sei lá! Nunca tinha assinado nada (tudo bem, uma vez eu assinei uma advertência no colégio, mas melhor mudar de assunto).

O garoto tinha até uma caneta, já no jeito, preparada e no esquema! E a minha mãe? Se empolgou total. Mais um pouco e ela assinava no meu lugar.

Peguei a caneta e o caderninho que ele me deu e mandei um rabisco que mal dava para identificar.

Amigo do primeiro autógrafo no aeroporto, se você estiver lendo isto: ME PERDOA. Que emoção! Que vergonha! Quer dizer, que vergonha emocionante! Eu era famoso. Não, pera: eu era famoso E já tinha um fã!

Depois que a coisa passou, eu me peguei pensando: *putz, devia ter perguntado o nome, devia ter feito isso, ter feito aquilo*. Mas na hora mal consegui assinar o meu nome.

O mais legal é que, depois de um tempo rodando pelo terminal, foi aparecendo mais gente, mais inscritos que tinham se dado ao trabalho de ir ao aeroporto se despedir de mim. Foi um negócio bem mágico.

Hoje é tudo corrido, tudo cronometrado, hora para chegar num lugar, hora para sair... Às vezes nem conseguimos conversar direito com os fãs e inscritos, e saio com a impressão de que não deu tempo de retribuir todo o carinho que recebi num show, numa sessão de fotos ou numa tarde de autógrafos. Mas aquele dia foi especial e nunca esquecerei.

Ah, sim: sabem as assinaturas que alguns de vocês têm em uma foto, num livro ou num caderno, que conseguiram num evento, numa tarde de autógrafos? Pois é! Elas foram aperfeiçoadas durante aquele voo para a Itália em que fiquei com o acontecimento na cabeça durante o tempo todo. Pedi uns guardanapos para a aeromoça e fiquei praticando, que nem goleiro que fica treinando cobrança de pênaltis depois do coletivo. Afinal, agora eu era famoso! Tinha dado meus primeiros autógrafos. Tudo isso graças aos meus queridos moleques e bonecas!

REZENDE

ANTES...

DEPOIS

11. UMA LEMBRANÇA VERGONHOSA: A BORBOLETA ASSASSINA

Quando te perguntam se você tem medo de alguma coisa, você é do tipo que responde "Eu, medo?! Pfff... Medo, não. Tenho nojo de algumas coisas. De outras tenho receio..." Receio?? Pô, meu! Receio é pior do que falar que tem medo! KKKK

"Ah, eu tenho receio de altura, sabe... Não é medo! Só não curtiria muito andar numa ponte estreita entre dois prédios gigantescos de Dubai, pipipi, pópópó..." Isso é medo, cara! E quer saber de uma coisa? Ter medo é ok! Se não tivéssemos esse alarme interno que nos faz temer algumas coisas e evitar outras, talvez fôssemos todos um bando de Chuck Norris (plural de Chuck Norris é Chuck Norris*es* ou Chuck Norris, mesmo?) sem noção nos machucando por aí, fazendo parkour no Everest, andando de skate numa estrada e pulando de paraquedas sem paraquedas.

O medo é um sistema de defesa do nosso corpo e da nossa mente.

Mas às vezes o medo é algo embaçado e complicado, mesmo. E que nos deixa numas situações meio ridículas...

Quando você tem medo de um monstro, do Godzilla, de um alien ou de um fantasma... sei lá, tudo bem.

O ferro é quando você tem medo de coisas pequenas, insignificantes, mínimas, insípidas e inofensivas como uma... *aham*... como uma borboleta.

O quê? Você não entendeu? É, eu tenho medo disso aí. Pega uma lupa pra ler, se quiser... Ah, tá bom.

BORBOLETA! BORBOLETAAAAAAAA! EU TENHO MEDO DE BORBOLETAAAAAAAAA!

Confesso: sou borboletofóbico. Também sou besourofóbico, gafanhotofóbico, e ACHO que sou um total artropodofóbico. Todos esses nomes de fobias devem estar errados, mas tenho medo até de descobrir os nomes corretos dessas desgraças. De todo o resto não tenho medo (só receio e um leve nojinho).

Então, escutem esta: lá estava eu, em plena madrugada, gravando um episódio da minha série Paraíso.

QUANDO A TRAGÉDIA TEVE INÍCIO...

(Aviso: este relato recebeu um filtro de heroísmo para não parecer tão ridículo quanto realmente foi.)

Durante a gravação, resolvi colocar meu celular para carregar. A única tomada livre ficava atrás de uma televisão gigantesca no meu estúdio improvisado. Antiga, daquelas de tubo. Sabe qual é? Pois é. Lá estava eu, engatinhando às cegas e tentando achar os buracos da tomada quando minha mão tocou em algo xexelento, escamoso, um troço estranho. Sem perceber ainda o perigo que me rondava, resolvi dar uma olhada no que era...

Pior ideia.

Cara, pulei pra trás. Era um monstro, um descendente de um arqueopterix. Não! De um pterodátilo! Melhor ainda: de um dragão, um Rabo-Córneo Húngaro! Numa primeira olhada, calculei uns dois metros de diâmetro. Talvez cinco. Tudo bem, depois corrigi para uns vinte centímetros. Tá bom, no máximo uns dez... Mas era um monstro! Juro.

E olhava para mim com aquela cara borboletácea que só as borboletas têm. Eu me via refletido naqueles olhos bulbosos, e balbuciava palavras sem sentido algum.

Fiquei ali, paralisado. Lá fora, chuva e trovões. Definitivamente, aquilo era um filme de terror, e eu estava preso nele.

Mas, como protagonista valente que eu precisava ser, parei de gaguejar e de tremer para começar a falar comigo mesmo:

— Calma, calma. Pensa, Rezende. Pensa! Tente se lembrar. Deve ter uma saída ou um lança-chamas por aqui.

Então, eu pensei. Com a frieza e a percepção aguçada que preenchem o corpo e a mente de um soldado acuado, meus olhos esquadrinharam o aposento. Correram da TV de tubão até a porta, e de lá para a borboleta. Mas tive certeza de que ela percebeu minha intenção, e deu uma mexidinha na asa só pra me avisar.

— Calma, calma...

Foi quando vi meu celular ao lado do computador. Ouvia só as notificações do pessoal da ADR chegando (pra quem não sabe ou não lembra: a **A**liança **d**o **R**ezende), me chamando pelo fone, a luzinha da notificação piscando. Mas a única coisa que eu pensava naquele momento era em sobreviver. Todos os meus instintos estavam direcionados para esse instinto tão primitivo, que nos coloca para agir contra os predadores mais temíveis.

Com movimentos lentos e trêmulos, porém corajosos, fui esticando o braço direito até o celular. Fui me dirigindo para a parede que ficava ao lado, próxima do meu computador. A porta estava na diagonal oposta de onde eu estava, mas parecia se encontrar a quilômetros de distância.

Eu estava encurralado.

Me agachei e lentamente bolei um plano. O que eu poderia fazer? Lógico, só havia uma solução: ligar para o meu pai que estava dormindo no quarto dele.

(Obs.: o quarto em questão era ao lado de onde eu estava.)

E o meu pai, sussurrando e com aquela voz de quem foi acordado do sono profundo:

— Pedro? Que horas são...? Cadê você?

E eu, também aos sussurros, para não entregar meus planos e o chamado de cavalaria ao meu inimigo:

— Pai, é uma emergência! Eu estava aqui gravando, e tem uma borboleta gigantesca destruindo tudo por aqui. — Nessas horas é sempre bom aumentar a realidade ligeiramente.

— Tá de brincadeira? — meu pai disparou, bem mais desperto. — Me acorda a essa hora por causa de uma BORBOLETA? Pega ela e põe pra fora da jane...

— AAARRGHHH!

(Resolvi forçar a barra, pois corria perigo iminente.)

Ouvi o barulho do meu pai se levantando. Enquanto isso, comecei a rastejar estrategicamente na direção da porta e do meu reforço de campo. No meio do caminho ainda olhei para o monstro e ele continuava com os olhos cruéis fixos em mim. A qualquer momento poderia atacar, e então seria tarde demais para qualquer ajuda...

Finalmente, meu pai abre a porta:

— Cara, o que você tá fazendo aí no chão?

Antes que eu respondesse, ele começou a rir. Para meu desgosto...

É fácil rir quando não se enfrentou um descendente de dinossauro alado numa madrugada fria e sinistra, cara a cara... Na boa, o resgate foi a parte mais fácil, uma vez que eu já tinha distraído a desgranhenta.

Enfim, no meu último ato na direção da salvação, saí rolando para fora do estúdio e vazei para o outro cômodo.

Aí meu pai foi lá, com aquela cara que os pais fazem quando querem se mostrar. Aquela expressão de "sou mais velho, experiente e sou demais". Ele pegou a borboleta pelas asas, com muito cuidado e todo ecologicamente correto, foi até a janela, abriu e soltou a monstra.

Flap, flap, flap... Livre para causar o caos em outro lugar. Impune.

Soltou assim, sem mais nem menos.

Eu que esperava um combate, com fraturas e esmagamentos, ainda tive que ouvir:

— Não tem vergonha não, Pedrão? Era só uma borboletinha!

Eu não me sentia mais heroico. Nessas situações, o pior é sempre a humilhação!

Bem, controlada a crise, ele voltou a dormir. E eu? Eu voltei a gravar — mas só no dia seguinte, por cautela. Naquele momento, exausto, achei melhor pegar o meu colchão e fazer companhia para o meu irmão no quarto dele, para protegê-lo. Sim, protegê-lo, ué. Caso a borboleta resolvesse aparecer por lá, entende?

Nós, os heróis altruístas que se preocupam com a integridade dos outros, estamos sempre alertas.

Essas foram as minhas recordações selecionadas. Agora, nas próximas páginas, coloque as suas. Descreva os acontecimentos que foram importantes na sua vida e que te tocaram de alguma forma. Daqui a alguns anos, abra este livro e dê uma olhada nelas — aposto que você vai se surpreender, e que muitas dessas memórias vão parecer ainda mais vívidas e coloridas com o passar do tempo, mesmo que alguns nomes e rostos sumam.

Tenho certeza de que você vai se emocionar, assim como eu!

MINHA FAMÍLIA

ERA UMA VEZ UMA CHUTEIRA DE FUTSAL

A tua mãe alguma vez já tentou te enrolar?

Isso mesmo que você leu: sua mãe já tentou te passar a perna? Te convencer de que alguma coisa é aquilo que ela quer que você pense que é, mas que você sabe que não é? Ah, a tua mãe não é assim?

Pois vou te apresentar a minha, e depois você me fala se tua mãe nunca fez nada parecido. Só te adianto que minha mãe me choca e me surpreende todos os dias — é emocionante ser filho dela.

Estava lá eu, no auge dos meus oito ou nove anos, sendo que desde os seis eu já era fanático por futebol. Na época, jogava mais o futsal, treinando num clube da minha cidade. Mas, cá entre nós, nessa fase da vida (e depois eu descobri que em todas as outras também), além de jogar a gente gosta de se exibir um pouco.

No caso do jogador de futebol e futsal, o que é que ele pode exibir para se sentir "o cara"? O tênis ou a chuteira, lógico. E eu não era diferente. Era a fase da

Total 90 da Nike, A Chuteira para o futsal. Quem não tinha não fazia parte do grupo — a não ser que fosse um supercraque ou o dono da bola... KKKK Tá, eu sei que isso pode parecer um tanto bobo, mas quando a gente é moleque é assim mesmo, se apega numas ideias e regras bobas. Então, lógico, comecei a perturbar minha mãe.

A minha campanha de convencimento era diária e arrasadora!

Hora do café: *Total 90!*

Indo para escola: *Total 90!*

Hora do almoço: *Total 90!*

(Aviso: essa é uma tática arriscada que pode estar fadada ao fracasso, em forma de uns petelecos maternos.)

Eu poderia ter irritado a minha mãe a ponto de ela nunca mais querer ouvir sobre Total 90, e aí eu teria um total de zero par de chuteiras. Maaas, no meu caso, a insistência valeu a pena! Ou pelo menos achei que tinha valido...

Cheguei um dia da aula e lá estava, tinindo, um parzinho novinho em cima da minha cama. Fiquei paralisado! Putz! Caramba! Agora eu também seria o cara!

Naquela tarde fui para o treino com ela. Todo exibidão, me achando. Tudo bem que, na verdade, fiquei até um pouco decepcionado. Ô chuteira dura, véi! Machucando em todos os lugares! Mas devia ser assim mesmo, afinal de contas, era uma Total 90!

A trágica desilusão aconteceu no vestiário, quando terminou o treino.

Um mala, um perna de pau, começou a olhar para a minha chuteira.

Olhava, olhava, analisava... Já estava incomodando.

Aí ele pega e solta aquela pergunta, que viraria uma bomba, um míssil teleguiado contra o meu orgulho:

— Essa chuteira é original?

BOOOOOM!

A pergunta explodiu na minha cabeça, e ainda deixou algo ali depois do estrago, me cutucando.

Toim toim toim!

— Como assim, "original"? Lógico que é original! Tá maluco? Bebeu?! Levou uma bolada na cabeça? Lóooogico que é original!

Mas a pulguinha da dúvida já estava plantada.

E o mala continuou, agora querendo plantar um elefante atrás da minha orelha:

— É que o desenho da marca parece que está diferente. E essa costura da frente também. Além disso, não tem aquela proteção no calcanhar e...

O cara começou a mostrar umas mil e quinhentas diferenças, mas eu enchi o peito e afirmei:

— É originalíssimo! Comprei na Dinamarca, por isso é meio diferente!

Lógico que não colou, mesmo com toda a minha autoconfiança. Quando um mala invoca com você, nada serve para convencê-lo de que ele está errado, ele simplesmente não vai perceber que está enchendo o seu saco. Talvez um tapão na orelha resolvesse, mas aí eu perderia a razão — E EU ESTAVA ME PORTANDO COMO UM PRÍNCIPE DINAMARQUÊS.

Então, veio a espetada final do sujeito:

— Tira aí para eu ver a palmilha só para ter certeza de que é original!

Cara...

Nessa hora, eu, que já estava descalçando a bagaça, enfiei o pé de volta e dei um nó que quase gangrenou a minha perna, e jurei para mim mesmo: essa chuteira ninguém tira de mim!

A turma ao redor já estava interessada e começou o coro:

— Tira! Tira! TI-RA!

E eu pensando "Tira o caramba!". E também "Ah, mãe, não tô acreditando que você aprontou essa comigo!".

Num salto de felino, parecendo um puma (o bicho, não a outra marca concorrente), passei por cima de todo mundo, com minha bolsa aberta e com meu material de jogo se derramando pelo caminho em uma triste trilha... E assim vazei daquele ambiente opressor.

Eu corria bem mesmo com a minha Total 90 dinamarquesa, então ninguém me alcançou. Mas certa palavra me perseguiu até em casa...

Original...

ORIGINAL....

Toim toim toim!

Quando cheguei em casa, fui direto para a minha mãe, que estava preparando um lanche para mim, a dissimulada (mas tão bom o lanche!).

— Mãe, onde você comprou a minha Total 90?

Ela deu de ombros sem nem olhar pra mim direito.

— Na loja, ué!

— Qual loja?! — perguntei, já em desespero.

— Na loja que vende tênis, ué!

Tua mãe te dá umas respostas desse tipo de vez em quando? Quando a minha faz isso eu já sei que alguma coisa está errada. E, nesse caso, *muito* errada!

— Manhêeee...

— Comprei ali, naquele shopping altelete, ali no centro.

— Shopping o QUÊ?!

— *Altelete* — ela repetiu, desinteressada.

— Você quer dizer no camelódromo?! — eu disse, finalmente fazendo a pergunta que temia e suando frio. — Você comprou minha Total 90 no camelódromo?

— Na verdade, foi, sim! — ela respondeu, desafiadora. — Mas qual o problema? É igualzinha a que você me mostrou, tão bonit...

NÃO! NÃO, NÃO e NÃO! Não era IGUALZINHA!

Era falsa, pirata, fake! Era sei lá o quê, mas não tinha nada de igualzinha!

Manifestei toda minha perplexidade para minha mãe, e ela pareceu um tanto pensativa:

— Hmmm, será que foi por isso que era tão mais barata? Mas eu perguntei ao vendedor! Ele respondeu que era verdadeira, mas que era tipo... uma segunda linha da Total 90.

Eu já estava roxo de indignação, babando! Cara, que vergonha. Que mico!

Fui muito bravo para o meu quarto e me tranquei. Decidi que não ia sair mais até.... até... sei lá! Até que eu decidisse sair. Mas era bom minha mãe pensar que eu não fosse sair nunca mais. Quem sabe assim ela se arrependesse e pelo menos fosse bater na porta pra me pedir desculpas.

Mas as horas se passaram e ninguém foi bater na porta. O que bateu de verdade foi uma baita fome. Aguentei o máximo que pude, mas a imagem do lanchinho sendo feito foi me dominando, até que chegou uma hora que não deu mais.

Abri devagarzinho a porta e não vi ninguém no caminho — já era tarde da noite. Pensei em ir rapidamente até a geladeira, pegar alguma coisa para comer e voltar para meu exílio de protesto. Então, ao sair do quarto, tropecei num embrulho. Na verdade, era uma caixa.

Intrigado, me abaixei, peguei a caixa e desembrulhei.

Ali estava uma Total 90, zerinho, com um bilhete da minha mãe:

> *Filho,*
>
> *desculpa, não achei que fosse tão importante para você. Na próxima vez prometo prestar mais atenção. Espero que ainda dê tempo de usar no jogo.* 😌
>
> *Beijos e te amo,*
> *Mamãe*

É, cara... Como eu disse, minha mãe é assim.

Naquela hora fui eu que fiquei mal. Me senti meio injusto, meio mimado e um bobo completo! Fiquei bravo com minha mãe por causa de uma chuteira! Me peguei imaginando ela saindo de casa e fuçando o camelódromo na maior boa vontade, pensando em mim...

Lógico que corri no quarto dela e a cobri de beijos, pedidos de desculpas e juras de amor! <3

Mas e a Total 90?

Bom, passei a semana me exibindo com ela e a usei no jogo — em que perdemos de 5 a 1.

Voltei para casa, coloquei a Total 90 na caixa novamente e procurei a minha velha e surrada chuteira, que tinha o bico reforçado com uma fita adesiva cinza... Resolvi usá-la por mais um tempo e só voltar a calçar a chuteira nova quando fosse necessário e não só para me exibir ou mostrar aos outros que eu também tinha alguma coisa.

Conclusão?

Está guardada até hoje.

UM VASO NO CAMINHO

Esta história em si não é novidade: está no meu canal e você pode acessá-la com o link no final deste capítulo. Mas um dos motivos para ela estar aqui é uma coisa que só descobri agora, enquanto relembrava "causos" para o livro.

Eu e o meu irmão mais novo, João, temos uma diferença de idade de quatro anos. Agora isso já não faz muita diferença. Hoje em dia, de vez em quando, ele resolve dar uma de engraçadinho e aprontar comigo, mas a verdade é o que meu pai sempre falou: "Tenho dois filhos: o mais velho com cabeça de criança e o mais novo que acha que é adulto".

Só que tem esse vídeo em que estávamos contrariando a teoria do meu pai: os dois fazendo lambança juntos. Havíamos acabado de rever toda a saga do Harry Potter e sabe como é... acabamos ficando empolgados.

Mas fala aí, quando você assiste àquele filmaço, àquela série que você esperou tanto pelo final, você não se empolga e resolve dar uma de herói do filme — ou até do vilão?

Eu já fiquei empolgado com o Rick do *Walking Dead*, com o Darth Vader, com o Barry Allen do *Flash*, com o Oliver Queen, em *Arrow*. Eu já me transformei em todos esses, mesmo que por instantes. Pode me chamar de maluco, porque sou doidinho pra embarcar nessas viagens com as coisas de que gosto. Mergulho mesmo!

Bem, naquele dia eu me empolguei com o Harry.

Acabado o filme, eu e meu irmão decidimos travar um duelo de varinhas. A luta do século. O bem contra o mal. Joãodemort contra Harry Pedro.

É engraçado assistir a esse vídeo hoje e ver o meu estúdio, lá no começo. Na verdade, era uma biblioteca do meu pai que eu comecei a usar e não devolvi mais. Como armas, usamos dois objetos que se pareciam com varinhas: um tripé de máquina fotográfica e um vaso.

Ah, o vaso...

Brilhante ideia do João. Ele pegou um vaso para se defender do meu ataque fulminante, que era uma espécie de feitiço *expelliarmus* seguido de um chute desajeitado. E a coreografia de luta, então!? Detalhe para os óculos que eu estava usando para deixar tudo mais real. Grande trabalho de figurino!

Não vou nem comentar mais nada sobre a luta. Assista ao vídeo e testemunhe que o espertão do meu irmão foi se defender com um vaso da minha mãe, que evidentemente se quebrou (lógico que a culpa não foi minha, que fui chutar o vaso).

Quem conhece a minha mãe sabe como ela fica quando alguém quebra alguma coisa dela. É aquela mistura de Hulk e Thanos com prisão de ventre, sabe? Ela vai do verde pro roxo rapidinho!

Aí, depois de cinco minutos de desespero, sem sabermos o que fazer, resolvemos, pelo bem de todos, não contar nada para minha mãe sobre o que tinha acontecido. Pelo menos não contar *naquele* dia, pois graças a Deus ela não estava em casa.

No outro dia, tive uma ideia brilhante.

Já que eu ia levar uma "piabada" da minha mãe, por que não transformar isso num vídeo? Isso é que é usar na prática o ditado "Recebeu um limão? Faça uma limonada!".

Preparei tudo. Escondi uma câmera no estúdio, chamei a minha mãe, coloquei a fera em frente ao vídeo da luta e aguardei... Antecipando os fatos, imaginei que ela jogaria o monitor na minha cabeça, que ia me dar uma baita bronca, um sermão de dias... Me preparei para tudo aquilo.

E o que me acontece? Dona Joelma começa a dar risada. Cara, e como ela ria... Ainda perguntei se estava entendendo o que tinha acontecido, mostrei o vaso... E ela? Dando risada.

Pô, quebrou o clima. Que decepção! E ficou rindo da nossa cara de desespero o dia todo. Dá para entender as mães? Nem com manual!

E o que aconteceu a partir daí? Minha mãe virou minha parceira dos vídeos. Minha Miss Trollagem. Ela cai em todas as brincadeiras, e sempre adora quando acontece. Hoje em dia, meu pai fica sempre alertando ela, pois o Marcão é desconfiado e está cada vez mais difícil pegá-la. Mas ainda consigo!

Dona Joelma virou não só minha parceira de vídeos e de brincadeiras mas também minha parceira de vida num nível maior do que antes! Mãe, eu te amo!

Mas o motivo para incluir esta história no livro é o meu pai.

Quando conversávamos em casa sobre o livro, tentávamos nos lembrar todos juntos de alguns acontecimentos. Daí, chegamos nesta história, e fiquei sabendo o quanto aquele vaso significava para ele. Cara, fiquei com a maior consciência pesada.

Meu pai falou que ele tinha comprado aquele vaso para a mãe dele quando ainda era adolescente e morava em Marília. No Dia das Mães, ele juntou um dinheirinho, foi numa loja chamada Paraíso das Louças (até isso ele lembrava!) e comprou aquele presente para a dona Santa. Aquele vaso percorreu toda a sua adolescência, sua vida adulta e, pouco antes de falecer, a vó o deu de presente para a minha mãe. Mas ninguém tinha me contado aquela história!

Aí o meu pai, para fazer mais drama ainda e ferrar com o meu emocional, falou que todo dia ia dar uma olhada no vaso quebrado, e que era como se um pedação dele tivesse se partido também.

Putz, que apelação. 😢

Mas seu Marcos preferiu não falar nada pra ninguém, pois como tudo tinha terminado em risadas, era melhor não estragar a alegria da galera. Ele confessou que ficou uns meses triste, e culpado por não ter conseguido proteger o vaso.

Quando ele acabou de falar, estava todo mundo com lágrima nos olhos. Demorou, mas ele se vingou. Fiquei com a maior dor na consciência... Ô, pai, foi mal... Desculpa aí!

Desde então, sempre que há a possibilidade de algum acidente, alguma destruição das imediações ou de quebra-quebra durante as gravações, eu dou um berro em casa:

— Neste local tem algum objeto de estimação ou de valor afetivo que seja muito importante para alguém aqui de casa?!

Espero cinco minutos e, se não houver resposta alguma, me sinto livre para começar a quebradeira.

Pô, pai... mais uma vez, foi mal. Te amo.

Link para o vídeo: www.youtube.com/watch?v=fsKOpBOLF6k

JOÃO E O LUSTRE

Eu e o João sempre nos demos muito bem. Todos sabem que amo meu irmão. Temos personalidades diferentes — ele é o normal da casa! —, mas nos amamos muito.

Pelo fato de sempre brincarmos muito, de vez em quando acontecia alguma coisa que colocava todo mundo em *modo desespero*. Acho que uma das coisas que mais me marcaram, porque realmente ativei esse modo daquela vez, aconteceu quando eu tinha onze anos, e o João, sete.

Éramos Spiderman e Superman — e veja como estávamos à frente de nosso tempo! Fizemos um crossover de Marvel e DC de que o cinema até hoje não foi capaz!

Enfim, ele era o Spiderman, e eu, o Superman. Ele tentando lançar sobre mim umas teias imaginárias e eu arremessando de volta umas rochas, na verdade, umas almofadas. E minha mãe no sofá vendo tudo e tentando assistir à TV enquanto repetia o mantra:

— Para com isso que não vai dar certo! Vocês vão se machucar!

Já perceberam que é só a mãe falar isso que o negócio desanda todo? É só comigo ou com vocês também? Mano, toda vez que a minha mãe solta "Para que isso não vai dar certo!", pumba! Acontece uma desgraça. Parece que o universo conspira para que as mães sempre tenham razão.

Naquele dia não foi diferente. Ela mal tinha acabado de falar e lancei minha rocha/almofada na direção do João. Mas com minha força de kriptoniano, exagerei e... ferrou!

Quando a almofada saiu da minha mão, eu já pressenti alguma coisa. Foi como se tudo ficasse em câmera lenta. Eu fiquei vendo a desgraçada ir rodando, subindo, subindo e... crás!

Acertou em cheio o lustre da sala.

O lustre foi caindo, caindo e... caiu em cima da cabeça do João Vitor. O lustre era côncavo e esquisito, de um tipo que encaixou na cabeça do João como se fosse um capacete.

A cena foi meio pastelão, então eu comecei a querer dar uma risada. Claro, uma cena engraçada daquelas! Mas o berro da minha mãe acabou com qualquer graça.

— O QUE VOCÊ FEZ?! Eu falei! EU FALEI!

Cara, escutar "eu falei" é pior do que "isso não vai dar certo". Porque as mães só falam isso quando tudo *já deu* errado. É aquele momento de vitória delas, em que se enchem de superpoderes e vêm pra cima! No momento ela era nosso Dr. Octopus, nosso Lex Luthor. Era hora de Peter Parker e Clark Kent juntarem forças!

Só que não, porque eu vazei dali rapidinho. Deixei o Superman de lado e passei a ser o Flash. Dois segundos depois eu estava lá no quintal, longe do local da catástrofe. Eu sei, nada heroico de minha parte.

Aí o grito da minha mãe aumentou. Virou um berro. Um urro!

Ela pediu reforços. Enquanto acudia o João, começou a gritar pelo meu pai, que estava no andar de cima.

— Marcos, socorro! Me ajuda! Socorro!

Eu me aproximei da janela, pelo lado de fora, e consegui ver meu pai descendo a escada todo esbaforido, correndo para socorrer o João. Ele tirou com cuidado o capace..., quer dizer, o lustre que estava encaixado na cabeça dele. E o que eu vi?

Sangue! Muito sangue! Sangue no rosto do João!

Aí eu entrei em desespero! Mas sabia que o melhor local para mim naquele momento era ali, do lado de fora da janela. Precaução nunca é demais com a dona Joelma.

Vi meu pai limpando a cabeça do meu irmão. Nessas horas é bom ter um pai médico. Calmamente, ele comunicou:

— É, cortou mesmo. Vai ter que dar uns pontos.

Minha mãe já procurou uma poltrona, querendo desmaiar.

(Outra dica, mano: mãe só desmaia quando tem sofá ou poltrona por perto. Mesmo assim, não recomendo testar a minha teoria.)

Eu estava aterrorizado. Com o que tinha acontecido

com o João e com o que provavelmente iria acontecer comigo, lógico.

E o João? Na maior boa. Mantendo a calma, fazendo o que meu pai mandava.

Meu pai improvisou um curativo e o levou para o hospital.

Na hora eu pensei em juntar minhas coisas e fugir de casa, mas aí minha mãe me achou num canto lá no fundo do quintal. Ao contrário do tradicional "eu falei!", ela me abraçou, percebendo o quanto eu estava preocupado, culpado e triste.

— Teu pai ligou, falou que está tudo bem. Já estão voltando.

Mano, que alívio. Tive que correr para o banheiro, com dor de barriga. Afinal, eu já não era o Superman ou o Flash. Eu era o Pedro, irmão do João, muito mas muito agradecido por não ter acontecido nada de mais grave com ele.

Pouco tempo depois chegou ele, com a cabeça enfaixada, querendo contar tudo o que tinha acontecido no hospital. Eu e minha mãe só querendo abraçá-lo!

Meu pai, como sempre, tirando uma foto do momento!

Nos dias seguintes, senti um pouco de inveja do João. Poxa, ele tinha uma cicatriz. Uma cicatriz de batalha! Ele foi ferido em combate e aguentou firme! E eu, nem uma cicatrizinha xexelenta...

Bem, na verdade, não era inveja. Era orgulho do meu irmão, meu super-herói!

MEU REINO POR UMA CAMISA DE GOLEIRO
(UM SPIN-OFF DE DONA JOELMA)

Uma das fases da minha vida de que tenho mais saudades é de quando eu jogava futsal, principalmente entre os dez e treze anos. Eu e meu time jogávamos juntos desde pequenos — éramos amigos e nossos pais também. Para nós, cada jogo era o jogo das nossas vidas. As vitórias eram maravilhosas e as derrotas, dolorosas. Graças ao futebol e ao futsal, aprendi que derrotas fazem parte da vida. Às vezes perdemos mais do que ganhamos: e este é um motivo para valorizar cada vitória. Não só no futebol, mas na vida. Aprendi que, após cada derrota, erguemos a cabeça, voltamos a treinar e vamos de novo em busca da vitória. Muitas vezes, mesmo sem perceber, usei esses ensinamentos na minha vida.

Naquela época, todos sonhávamos em ser profissionais, craques famosos. Queríamos jogar na Seleção! Sonhar sempre é a parte mais legal de tudo. Pode ser que aquele sonho não se realize, mas ele vai ser substituído por outro e por mais outro até a realização e a felicidade virem da melhor forma que pudermos aproveitar. Hoje, fazendo o que faço, me lembro com carinho daquela época, de quando meus sonhos eram diferentes. Me lembro do Vitor e do Thiago, meus treinadores, do Luan, do Rubinho, do Rodella, do Pedrinho, do Ugo, do Guilherme (Coxa), do Vitor Hugo (Sabugo), do Davi, do Daniel... e de muitos outros. Mano, que época boa!

Somos amigos até hoje. Só nos encontramos de vez em quando, pois cada um está fazendo uma coisa diferente. Eu e o Luan fomos um pouco mais longe no futsal. Os outros estão em faculdades por aí.

Mas por que estou me lembrando disso tudo? Por causa de um episódio muito, mas muito engraçado que aconteceu num dos campeonatos de que participamos.

(Engraçado agora, né? Na hora foi TENSO!)

Fomos para Foz do Iguaçu disputar uma etapa do Campeonato Paranaense de Futsal — acho que Sub 11 ou Sub 13. Nós iríamos numa van e os pais/torcedores se dividiriam nos carros. Minha mãe foi dessa vez, pois meu pai não pôde.

Acontece que o uniforme era entregue para os jogadores antes da viagem e cada um ficava responsável pelo seu material. Tudo tranquilo. Eu separei tênis, meião, luvas e calça de goleiro, que eram meus, e pedi para a minha mãe ver como estava a camisa. Ela, sempre muito cuidadosa, deu até uma arrumadinha na manga que estava com um furinho.

Saímos no sábado, logo no início da madrugada, para dar tempo de chegar, descansar e fazer o primeiro jogo. A viagem na nossa van foi uma bagunça, mas só por vinte minutos, depois todo mundo "desmaiou" e dormiu até lá.

Chegamos, fomos para um alojamento, e os pais foram procurar um hotel. Estava já do lado da minha cama quando fui abrir a mochila com o meu material, para deixar tudo pronto.

Tênis: Ok!

Meião: Ok!

Caneleira: Ok! (Mas eu nem usava.)

Calça: Ok!

Luvas: Ok!

Camisa: Ooooopa!

Cadê a minha camisa? CADÊ A MINHA CAMISA?!

Aimeudeus, aimeudeus! Eu ia repetindo isso enquanto procurava em todo lugar... Tudo bem que já tinha ido para uma decisão e me esquecido de levar o tênis. Uma vez também me esqueci de levar as luvas. Mas a camisa!?

Então, eu fiz o que qualquer pessoa madura faria num momento de aperto.

— Alô, mãe? Cadê minha camisa de goleiro?!

Silêncio mortal do outro lado.

— Manhê! Você tá aí? Minha camisa. Você ficou arrumando ela, não ficou?

Aí minha mãe respondeu:

— *Aimeudeusaimeudeus!* Esqueci em casa, em cima da cama! *Aimeudeus!*

É, cara. Se eu estivesse jogando no Palmeiras, eu até podia virar e falar para o são Marcos: "Ô, Marcão, me empresta sua camisa aí?! Valeu, hein!?".

Mas o nosso time estava longe de ser o Verdão: era uma camisa para cada um e eu não tinha nem um goleiro reserva. O regulamento era claro: camisa de goleiro precisa ser diferente da camisa dos jogadores, e com número nas costas.

Putz, ferrou.

Não tive nem coragem de falar nada para o técnico. Eu só queria me encolher e ficar deitado em posição fetal. Mas minha mãe falou que ia tentar dar um jeito.

DONA JOELMA ENTROU EM AÇÃO!

E vocês sabem, quando minha mãe se envolve, as coisas ACONTECEM. Pode não ser o que você espera, mas elas acontecem.

Imediatamente, dona Joelma entrou em contato com uma das mães, com a qual ela tinha ido de carona, e explicou a situação. A outra mãe a acalmou.

— É só passar num shopping e comprar uma camisa de goleiro! Vou com você, e ainda fazemos umas comprinhas!

E lá foram elas. Conforme o previsto, acharam um shopping, acharam uma loja de esportes e acharam uma camisa de goleiro no tamanho certo.

UhUuL! Dona Joelma vibrou. A missão parecia mais fácil do que o normal.

Mas, *pobrecita*, ela não imaginava o que viria a seguir.

Quando dona Joelma foi pagar pela camisa e sacou seu cartão de crédito sem limites do serviço secreto, eis que seus olhos esbarraram na parte de trás da camisa...

E ela viu que não tinha número.

Ela respirou fundo, manteve a calma e se dirigiu ao vendedor:

— Moço, eu queria uma que tem número.

E o vendedor, ainda mais calmo, respondeu:

— Elas vêm sem o número. É o cliente que coloca o número que quiser.

Ah, que maravilha! Que prático!, pensou Joelma.

— Ok, eu quero que vocês coloquem o número 12, então!

— Sem problemas! — disse o vendedor, pegando a camisa das mãos de dona Joelma e arrancando um sorriso dela. — Vamos aplicar os números, a senhora pode passar para pegar depois de amanhã, que...

— O QUEEEEEÊ?!

Aí a vaca foi pro brejo, mano. Dona Joelma começou o seu combo.

— VOCÊS VENDEM UMA CAMISA DE GOLEIRO E NÃO PÕEM O NÚMERO NO DIA? ISSO É UM ABSURDO! VOU DENUNCIAR PARA O PROCON, VOU PROCESSAR, VOU... Aimeudeus, o que é que eu vou fazer?!

O vendedor, já preocupado em se livrar daquela mulher que podia explodir em mil estilhaços a qualquer momento, disse:

— Olha, eu tenho o endereço do rapaz que presta os serviços e coloca os números. Hoje é sábado, mas talvez se a senhora for até lá...

— Então me dá! Por que não falou logo? Fica aí me enrolando!

O vendedor anotou algo num bloquinho. Minha mãe arrancou o papel quase junto com a mão dele e saiu do shopping com a amiga no encalço.

Quando estavam na porta, dona Joelma começou a ler o endereço.

Rua Los Toreros, 14
Ciudad del Este
Paraguay

(O endereço foi trocado para não comprometer as pessoas envolvidas. rs)

Paraguai.

Peraí...

PARAGUAI?

— *Aimeudeus*, e agora?!

A amiga, percebendo o que vinha pela frente, já se antecipou:

— Querida, miga, sabe o que é, o meu marido está me esperando no hotel! Ficamos de ir visitar as cataratas e... Eeei! Joelma! Joelmaaaaa!

Dona Joelma estava correndo contra o tempo, e já estava entrando num táxi e perguntando ao motorista:

— Consegue me levar até o Paraguai? Ciudad del Este. Urgente. Muito rápido!

E o motorista, virando para ela com um sorriso confiante e um bigodão estilo mexicano, respondeu:

— *Pero per supuesto, señora!* — Ou algo assim.

Antes que desse tempo de falar *aimeudeus*, ele arrancou com seu carango velho, cantando os pneus e deixando aquela fumaça preta para abrir um buraco na camada de ozônio.

E aqui acho que cabe um intervalo para explicação: enquanto tudo isso acontecia, eu estava no alojamento, sem ter a MENOR IDEIA de nada, ainda pensando no que eu ia falar para o técnico e ensaiando a minha desculpa pra usar a camisa do pijama no jogo.

Mas voltemos ao táxi:

Veloz e furiosamente (*pero no mucho*), o táxi de don Bigodón e dona Joelma se aproximava do Paraguai. Passaram pela Ponte da Amizade, entraram na cidade cantando os pneus e foram cortando o trânsito.

Então, Bigodón perguntou:

— *¿SiGñOrA, esTaY segura de que quieres ir en questa direcCión?*

E minha mãe, estranhando aquele sotaque espanhol, mas dando de ombros, respondeu:

— *Yes! Yes!*

E lá foram eles para uma viela com cara de abandonada, com um monte de tipos mal-encarados. Chegaram no endereço: uma portinha escondida num canto escuro do fim da rua. Minha mãe pediu ao taxista para esperar, que ela voltaria com ele.

Ele olhou no relógio, fez uma cara de preocupado e respondeu:

— *¡Si, si, pero no mucho tarde! ¡No DeMUerAtE! Tengo uno compromisso a lãs 16 hUeRaS...*

— *Tutto bene, tutto bene* — minha mãe falou. — Eu não vou demorar. Também tenho que estar de *vuelta* às 16 horas!

— *Va bene* — disse o motorista, aliviado.

Dona Joelma desceu do táxi e bateu várias vezes na porta. Ninguém atendia, então ela pôs em prática o plano B (que já era o plano C ou D, na real): começou a esmurrar a porta e a gritar como uma desesperada.

Acho que ela acordou o dono do lugar, pois ele abriu a porta com cara de poucos amigos e ficou olhando para aquela louca na frente dele. E minha mãe, no mais legítimo portunhol:

— *SiNhoRe, iÔ tengo que... queeee...*

E não saía mais nada de dona Joelma. Mas a boa surpresa foi quando o cara falou:

— O que a senhora quer, dona? Pode falar em português. Eu sou de Londrina, no Paraná, estou aqui há dois anos...

— Aimeudeus aimeudeus! Quero dizer... GRAÇAZADEUS, GRAÇAZADEUS! — respondeu minha mãe, na maior alegria de sua vida, quase se ajoelhando aos pés do conterrâneo, que também se animou com a coincidência.

Dona Joelma explicou o problema e disse que precisava colocar um número na camisa de goleiro.

— Para quando? — perguntou o cara, bocejando.

— Agora!

— Ixi, agora? Mas eu não estou trabalhando agora...

Minha mãe começou a fazer o que sabe de melhor: entrar na mente das pessoas e devorar os seus cérebros. Não foi difícil o cara perceber que precisaria fazer o serviço senão aquela mulher não sairia dali da sua porta.

— Tá bom, vamos fazer... mas tem um problema.

— Qual? QUAL?! — perguntou minha mãe, cansada de tantos problemas por causa de uma porcaria de um número numa porcaria de uma camisa para uma porcaria de um campeonato da porcaria do seu filho.

— Não tenho números para imprimir — ele disse, em tom de desculpas. — Só tenho letras, os números acabaram ontem.

— AIMEUDEUS!

Joelma parou para pensar. *Pensa, Joelma!*

Minha mãe começou a olhar desesperada para tudo que o Cabeção (era o apelido do cidadão) tinha na oficina. Olhou, procurou e...

Tcharam!

Achou a solução!

— Preciso de um número 1 — ela disse, afobada, pegando umas letras e montando alguma coisa na mesa da oficina. — Então, vamos pegar duas letras T, juntamos elas assiiim... isso! E temos o numero 1 em algarismo romano. Tá tudo certo.

— Mas...

— Vamos, vamos... faz logo aí, que eu tenho que voltar logo.

E assim foi feito. Dona Joelma saiu de lá com uma camisa de goleiro com um enorme I nas costas e de quebra com o nome Pedro embaixo.

Aos pulos, ela entrou de volta no táxi do don Bigodón e voltaram para Foz do Iguaçu como se o Vin Diesel estivesse atrás deles. No caminho, toda contente, ela foi comentando com o taxista:

— Nossa, quase atrapalhei o jogo do meu filho, mas acho que consegui resolver esse negócio... número em camiseta é ridículo! Caramba, o juiz não tá vendo o goleiro lá no gol? Pra que número?

— Na verdade... — começou o Bigodón, mas minha mãe não deixou espaço pra ele continuar.

— Ainda bem que eu fiz uma gambiarra aqui. Hehe! Tomara que o juiz seja meio tontão e não perceba!

E assim foram direto para o ginásio de esportes.

Chegando lá, minha mãe pagou, desceu do táxi e ainda ouviu do taxista:

— A senhora é muito corajosa! Aquele lugar é muito perigoso!

— Mas o senhor não era paraguaio?!

— Não, não. Só falo espanhol para dar mais credibilidade ao trabalho de dirigir lá do outro lado da ponte — disse o don Bigodón, sorrindo.

E se despediram.

Corta para mim. Já no vestiário, lá estou eu enrolando meu técnico e confiando na minha mãe, quando a vejo chegar desesperada com a camiseta na mão. Cara, que alívio! Dá-lhe, dona Joelma!

Mas o melhor e mais inacreditável ainda estava por vir.

Minha mãe encontrou os outros pais e começou a relatar sua aventura enquanto entrávamos na quadra para o aquecimento. Quando todos nos perfilamos para o hino (do Brasil, não do Paraguai), olhei para nossa torcida e vi a minha mãe com a boca aberta, com cara de surpresa. Na hora não entendi nada. Poxa, era só o hino! Mas depois ela me explicou o que estava rolando: o don Bigodón era o juiz da partida.

Ele passou por trás de mim, deu uma olhadinha para as minhas costas, viu minha camiseta e fez uma mímica para minha mãe na arquibancada, que eu acho que só ela entendeu. Algo como: *tudo bem, eu sou meio tontão!*

Mas e o jogo?

Ah, aquele nós ganhamos, o seguinte empatamos e passamos para a próxima fase. No final do jogo, o juiz Bigodón chegou até mim, que já estava contente por causa da vitória, e disse baixinho:

— Moleque, vai até a torcida e dá um baita abraço na sua mãe. Ela merece!

Bem, naquele momento eu não entendi nada, mas fiz o que ele pediu. Era o juiz, pô. Vai que ele me dá um cartão e me pendura pro próximo jogo!

Mesmo sem saber de toda a história, dei um abraço especial. Na minha vida dona Joelma é capitã e camisa 1.

(Feita com número certo.)

Feliz
MAGNUM

MEU IRMÃO GABRIEL

GABRIEL

Vocês às vezes sentem que deveriam ter aproveitado mais alguma coisa, dito algo mais, feito algo mais, sei lá... coisas desse tipo?

Conforme os anos vão passando, eu vou tendo mais dessas sensações. E é por esse motivo que tento prestar mais atenção em tudo à minha volta.

E faço isso por causa do meu irmão mais velho, o Gabriel.

Nunca dividi esta história com ninguém. Nunca me senti à vontade para falar nada a respeito disso, e não está sendo fácil escrever. Mas, como tenho certeza de que muitos passaram por algo parecido, decidi compartilhar este triste acontecimento.

Tenho que começar do início: quando nasci, o Gabriel tinha onze anos. Cresci em meio às suas brincadeiras, ao seu carinho e ao seu amor por mim. Até onde a memória permite, tenho lembranças de nossas festas de aniversário, nossas viagens. Eu me lembro muito de um irmão alegre, gozador, de bem com a vida. Quando ele entrou na adolescência, me lembro de meu pai de cabelo em pé com algumas "novidades" que ele trazia para casa. Um dia (hoje isso é normal, naquela época nem tanto), ele chegou em casa com o cabelo todo azul. Azulzaço! Eu achei o máximo. Minha mãe achou "legalzinho" (desde aquela época sempre dando uma força para os filhos). E meu pai quase teve um troço!

Cara, o velho ficou vermelho, com os olhos esbugalhados. Não conseguia falar nada! Só ficava olhando aquele cabelo. No começo eu até pensei que meu pai estivesse gostando também, mas quando ele perguntou, esbaforido, "O QUE É ISSO?", percebi que ele não tinha gostado nem um pouco. Foi um tumulto em casa! Bons tempos.

Vocês percebem que eu tive em quem me espelhar, não é?

O Gabriel era assim; um cara à frente do seu tempo. Quando comprava um tênis, tinha que ser o mais diferente da loja. Eu ficava até com vergonha de sair com ele, com *aquele* tênis. E daí algum tempo depois eu via todo mundo usando! Era assim com tudo. Ele antecipava as coisas! Era demais.

Quando chegou a época do vestibular, ele pensou em cursar cinema ou marketing, mas acabou escolhendo arquitetura. Dessa fase eu lembro bem, pois ele era empolgado, criativo. Além disso, sempre me dava carona para a escola num carro maneiro que ele tinha. Bem, era meu irmão. Meu irmão mais velho! Quando eu tinha sete anos, nasceu o João Vitor, que hoje é quem me atur.... quer dizer, é meu parceiro predileto, que também amo muito.

Mas por que estou falando do Gabriel? Porque nem tudo na vida corre do jeito que queremos. Às vezes temos que aprender a pescar minutos de felicidade em horas de tristeza. Ou às vezes temos horas de felicidade, mas um minuto de tristeza é tão forte e tão poderoso que faz a alegria quase desaparecer por completo. Acho que é assim com todo mundo. Assim como eu, vocês devem ter o seu momento ou suas horas de infelicidade, de tristeza...

Em uma manhã de novembro, em 2005, eu estava dormindo e meu pai me chamou. Era um feriado, e seria normal todos dormirmos até mais tarde. Vi no rosto do meu pai que algo estava errado. Algo estava *muito* errado. Mas, na minha inocência, nem de longe eu poderia imaginar o que ele ia me contar.

Vi que meu pai tentava conter as lágrimas, tentava se acalmar, procurava caminhos e palavras para me dar a notícia que nenhum pai, mãe ou irmão deveria receber.

Ele contou que tinha acontecido uma coisa muito grave com o Gabriel. Eu já fui sentindo tudo rodar, a realidade desaparecendo ao meu redor. Meu pai continuava falando, provavelmente tentando achar uma maneira, mas eu não estava mais escutando. Era como se eu tivesse saído de mim mesmo e começasse desesperadamente a procurar pelo meu irmão. Eu me via e me ouvia chamando, quase implorando: *Gabriel! Gabriel!*

Voltei à realidade quando meu pai me abraçou muito forte e, desabando em lágrimas, me disse que meu irmão tinha morrido. Não me deu muitos detalhes — mas, também, de que importavam os detalhes? Ao ver meu pai daquele jeito, passei a ter um medo incontrolável de perdê-lo também. Até hoje tenho esse medo com a minha família.

— E a minha mãe? — eu quis saber. — Cadê ela e o João, onde eles estão?

Depois de algum tempo, fiquei sabendo que meu irmão tinha sido morto num assalto, no centro da cidade, no começo da madrugada, quando tinha se encontrado com os amigos para comemorar o feriado e o fim da primeira fase do vestibular de uma universidade local.

Cara, meu irmão ia para os Estados Unidos em uma semana para um intercâmbio. Não parecia verdade. Não parecia possível! Mas era.

Meu irmão. Meu Gabriel! Morto! Não, eu não conseguia acreditar. Aliás, eu não queria acreditar. Talvez fosse tudo mentira, talvez fosse um sonho ruim, sei lá.

Mas não. Era tudo muito triste e real. Quando nos acalmamos um pouco, meu pai me levou para ver a minha mãe. Quando a vi, tive um choque. Percebi como a dor e a tristeza podem mudar fisicamente uma pessoa. Minha mãe era a demonstração física do que pode ser a dor e a tristeza. Me abraçou, me apertou. Só chorávamos. Ali eu tive a certeza de que, por mais maravilhosa que minha mãe ainda pudesse ser comigo e com meu irmão mais novo (que na época era muito pequeno e se lembra pouco dos acontecimentos), ela nunca mais seria inteira. Nós nunca mais seríamos inteiros. Sempre faltaria um pedaço. Sempre haveria uma sombrazinha de tristeza rondando.

Eu também sabia que nunca mais seria o mesmo. Não se passa por uma situação dessas impunemente. Quem passou por algo parecido sabe do que estou falando. A gente volta para a escola, a gente volta para a vida, para os amigos... até refazemos nossos planos, mas sempre falta alguma coisa. Sempre há aquela pergunta: *E se ele estivesse aqui?*

E se... E se...

Não vou prolongar o relato sobre o resto do dia, até mesmo porque não consigo entrar em detalhes.

Hoje, ao escrever este desabafo para vocês, passados tantos anos (doze, para ser mais exato), estou melhor, mais equilibrado. Às vezes penso até que mais conformado.

Mas, na verdade, se eu me olhar no espelho, me vejo como uma criança, um jovem e um adulto incapaz de aceitar algo que não posso mudar. Tudo ao mesmo tempo.

Lembro que os dias e meses seguintes foram muito, mas muito difíceis. Uma vez conversei rapidamente com meu pai, e ele me falou da dificuldade que foi decidir como me contar, como me deixar participar daquele processo tão doloroso. No começo, ele e minha mãe se questionavam se tinham feito da maneira certa. E hoje eu digo: pai, mãe, vocês fizeram o mais certo que conseguiram naqueles dias.

Vi meus pais — principalmente minha mãe — várias vezes tentando se culpar pelo que aconteceu, achando que de alguma forma poderiam ter mudado o destino. Não, mãe. Não há culpa! Se há, certamente não é nossa. Gabriel tinha uma família adorável, era amado, querido. Vivia com todos os problemas que alguém que sai da adolescência e entra na vida adulta encara: incertezas, tomadas de decisões. A garra que ceifou sua vida veio de fora, e naquele momento, um dos poucos em que não estava sob nossa proteção, a tragédia aconteceu.

Hoje vejo que o que nos fez superar uma dor tão imensa foi o amor. O imenso amor que meus pais têm um pelo outro, e o que eles têm por nós, nos permitiram continuar caminhando juntos. Até hoje às vezes paramos brevemente nesse caminho para chorarmos um pouco, mas secamos os olhos e prosseguimos. Sempre existirão lágrimas para aliviar o coração!

Cada um tentou se fortalecer da sua maneira. Minha mãe, com uma fé inabalável, a base espiritual da nossa casa, se apegou mais ainda a Deus. Encontrou aí, sem exageros ou fanatismos, forças para suportar o insuportável e nos empurrar para a frente, pois tudo o que queríamos num primeiro momento era ficar parados, imóveis, deixando a vida se exaurir lentamente. Minha mãe não deixou. Por isso, hoje, quando me veem abraçando-a, falando dela, fazendo trollagens com ela, acreditem: do meu lado está a mulher mais forte que eu já conheci. Eu a amo e a admiro muito!

Meu pai organizou na cidade um movimento com o objetivo de combater a violência, diminuir os índices de criminalidade. Íamos a passeatas, a reuniões sobre segurança pública. Acho que ele tentava preencher o tempo dele e o nosso com alguma coisa. Mas o sofrimento estava ali, estampado, marcado nas olheiras, nas rugas. Minha mãe era mais tristeza, meu pai, mais revolta. Eles sempre fizeram de tudo para que nada de negativo chegasse até mim e o João. Hoje imagino como deve ter sido difícil essa jornada.

Lembro que, por muito tempo, quando qualquer um da nossa casa demorava para voltar da rua e não atendia o telefone, deixava todo mundo em pânico. Aí, quando esse alguém chegava, normalmente com o celular sem bateria, encontrava os outros chorando desesperados, então nos abraçávamos como uma forma de dizer uns aos outros "Estamos aqui. Não vai acontecer de novo".

Os anos foram passando. A vida foi passando. Aos poucos, mesmo com aquela cicatriz, como já disse, você vai reassumindo um pouco as rédeas. Se é que é possível fazer isso aos treze, catorze anos. Eu estava começando a jogar futebol, e passei a me dedicar muito, a focar em treinos, a dar tudo nos jogos. Eu gostava muito daquilo tudo, de treinar, jogar, viajar para campeonatos. Mas, mano, de vez em quando eu exagerava. Cobrava demais de mim, dos colegas, brigava com o juiz. Acho que era uma tentativa de soltar um pouco a raiva que estava dentro de mim.

Mas o importante é que ficamos juntos. Meus pais e meu irmão estavam sempre comigo, torcendo. Aliás, meus pais e MEUS irmãos estavam sempre comigo. E as coisas foram acontecendo. Umas funcionando, outras não. O futebol acabou não dando certo, mas apareceu o canal no YouTube. E aqui estou! Enquanto estiver dando certo, também. Senão, parto para outra.

E você pode perguntar *o que eu fiz para tentar superar*.

Primeiro, eu te digo: não há como *superar*. O verbo certo a se usar está mais para o lado de se *resignar*, *enfrentar*, *suportar*... Mas não há como *superar*.

Para aliviar, criei na minha cabeça uma situação que me ajudou muito. Eu fiquei imaginando, nas noites de insônia e tristeza: será que há alguma coisa além do que temos aqui? E se houver, haverá reencontros? E se houver, relembraremos?

Em determinado momento eu preferi acreditar que sim, que existirão reencontros.

E a partir daí comecei a pensar: *Pô, só quero levar coisas boas para ele. Contar que tudo o que vivemos depois foi bom, foi intenso. Que ficamos juntos, que seguimos juntos. Que eu segui a vida, que cuidei dos nossos velhos.*

Cara, é isso que eu sei que ele vai querer saber.

Então, vou seguindo, fazendo o melhor possível.

Acumulando coisas boas para falar, se houver um reencontro. E se não houver? Tudo bem, terá valido a pena do mesmo jeito.

Aí, Gabriel, te amo, mas espero que esse reencontro demore muito ainda, falou? Ainda estou aprendendo as coisas por aqui!

MINHAS AVENTURAS

TERREMOTO

A essa altura do livro, todos vocês sabem da minha paixão por futebol. Já falei disso umas vinte vezes. Desculpa aí, galera que não curte um fute! Mas agora eu acho que todo mundo vai entender por que minha vida gira em torno do mundo da bola.

A maior parte foi por influência dos meus avós — tanto o avô paterno quanto o materno. Seu Afonso Posso e seu Jorge Marcolino Rezende foram palmeirenses até o último fio de cabelo. Meu pai também tem sangue alviverde, então vocês podem imaginar que rolou uma pressãozinha dele na minha decisão. Mas o negócio já estava no meu DNA, não teve jeito!

Papai Marcão pendurou uma chuteirinha do Palmeiras na porta do quarto do hospital onde nasci. Não sei se pela magia secular do esporte bretão ou simplesmente por ser uma das primeiras coisas que vi com meus olhinhos de recém-nascido, acabei virando palmeirense. Lógico que também torço para o time da minha cidade, o Londrina Esporte Clube — o poderoso Tubarão.

Quando se trata do Verdão, acho que sou bem fanático! Me lembro de chorar quando o Palmeiras perdia (até 2016 chorei muito), ou de quando começava alguma disputa de pênaltis e eu corria com o meu pai e o meu irmão para o banheiro, fechávamos a porta e nos abraçávamos enquanto fazíamos nossas orações... Tradições de gente fanática, não reparem!

Mas, apesar das esquisitices de um torcedor ferrenho, nunca briguei nem discuti por causa de derrotas. Sempre me dá um desânimo terrível quando fico sabendo de confusão entre torcidas e outras dessas bobagens.

Enfim, crescer num ambiente favorável ao esporte me fez querer jogar. Transformou o futebol na prioridade da minha vida! Aí, véi, era comigo mesmo! Eu queria fazer o que meus ídolos faziam! Queria pegar no gol como são Marcos! Eu adorava entrar em campo, em quadra... Em qualquer espaço com um golzinho! Me concentrava antes de qualquer jogo, como se fosse um profissional. Aliás, eu sonhava em ser um jogador profissional, e por isso joguei e treinei muito. Comecei numa escolinha de futsal do clube que frequentávamos, consegui uma vaga no time e aos poucos fui me destacando e participando de campeonatos internos e externos. Com uns onze anos, fui jogar futebol de campo — e apesar de ter recebido a orientação de parar de treinar no salão, conciliei as duas coisas. Por isso mesmo, vocês podem imaginar que ganhei muito e perdi muito.

Foi por causa de uma dessas coisas inexplicáveis da vida que acabei viajando para a Itália, como relatei nas minhas memórias do comecinho do livro. Foi para jogar num time de futsal da província de Rieti — o time levava o nome da cidade e se chamava *Real Rieti*. Eu tinha dezesseis anos, fui visto por um londrinense que jogava no futsal italiano, e então recebi o convite de ir pra Europa. Ele era naturalizado e inclusive era capitão na seleção da Itália, e fez uma conexão para que eu fosse testado num time de uma cidade chamada Rieti. Acabei colocando na cabeça que *precisava* ir pra lá, que eu seria o melhor do mundo — aquelas coisas que a gente sonha quando é garoto.

Aliás, eu aprendi que tudo começa assim: primeiro a gente sonha, depois corre atrás. Pode não dar certo, mas sonhar sempre é o primeiro passo. É como dizem por aí: o importante é o caminho, e não a chegada. É no trajeto que aprendemos, que passamos sufoco e que nos preparamos para não repetir os erros no futuro. Na linha de chegada, tendo conseguido realizar nosso sonho ou não, estaremos bastante diferentes de quando começamos o percurso.

Infelizmente as coisas por lá não aconteceram como eu esperava. A distância da família, a falta de estrutura do time para receber um garoto da minha idade... Eu cheguei no meio de uma temporada, e apesar de ter direito à cidadania italiana, os documentos ainda não tinham saído. Então, enquanto eu não tinha o registro, disputava apenas os amistosos e ficava esperando. Eu passava muito tempo sozinho. Não foi fácil.

As coisas começaram mal em Roma. Minha mãe (sempre ela) foi comigo e, antes de chegarmos à cidade de Rieti, resolvemos tirar um dia para visitar os pontos turísticos. E lá fomos nós. Cara, andamos, andamos e depois andamos um pouco mais. Minha mãe cada vez mais entusiasmada com Roma, e eu cada vez mais cansado.

Chegamos ao Coliseu! Ahá, esse eu já conhecia (de filmes e de jogos, claro)! Aí, de repente me aparece um cara vestido de centurião romano, todo simpaticão, conversando com a gente em italiano, fazendo brincadeiras. Minha mãe sacou o celular e começou a tirar mil fotos. E o cara lá, empolgado! Nós também fomos nos empolgando e dá-lhe foto e selfie e poses. Beleza!

Só que na hora de ir embora o cara queria

cobrar

pelas

fotos!

Assim, na cara dura, sem nem avisar! (Ou talvez ele tivesse avisado em italiano...)

Minha mãe já foi arrepiando para cima do cara:

— Que pagar, que nada! Essa tua fantasia aí eu compro no carnaval por dois reais!

E foi daí pra baixo. Um barraco "à italiana".

Saímos correndo. Só que aí, depois de uns metros, minha mãe parou, suspirou, pegou umas moedas na carteira e falou:

— Vai lá, entrega para ele. Senão depois a gente vai ficar com a consciência pesada.

Eu fui, mas não parava de pensar: "Caramba, se era para pagar, para que ficamos nessa briga toda?". Por mim, não pagava, não. Ainda bem que tenho a minha mãe nessas horas para fazer o que é certo (mesmo que eu não concorde rsrsrs).

Mas tudo bem, vamos pular uns meses dessa história. Eu já estava lá, em Rieti, e minha mãe voltou para o Brasil depois de uma semana. Quando o time não jogava ou treinava, eu ficava absolutamente sozinho, num sobrado afastado do centro da cidade. Virei especialista em fritar e cozinhar ovo e em fazer peixe — na verdade, não era tão simples assim: eu comprava um filé de peixe e ficava com a minha mãe no celular para ela me explicar como se fazia. Imagina a conta de telefone?

Enfim, só sei que eu nunca mais quis comer peixe de tão enjoado que fiquei. Meu pai ri disso porque ele diz que a gororoba que eu fazia não podia ser chamada de peixe. Hum...

E como eu comia bolacha... Com recheio, sem recheio, com leite, seca, com água...

Numa noite, eu estava na internet (que era uma droga) e comecei a me sentir mal. Parecia que estava meio tonto, sabe? Com aquela sensação de que as coisas estão girando, que o chão está se mexendo. *Talvez fosse labirintite*, pensei. Me levantei e a situação piorou. E eu lá, sozinho.

O negócio deu uma piorada e eu mandei uma mensagem para um amigo meu que estava por lá, só que jogando futebol de campo. Sabe o que ele me respondeu?

> Seu mané, sai correndo de casa.
> É UM TERREMOTO!!!!!!!
> Vai pra rua!!!!

Demorei alguns segundos para entender.

Terremoto? Como assi... aaaiiii, socorrooooo!

E voei para a rua do jeito que estava: de pijama e com uma pantufa do Pateta.

Todos estavam na rua. A diferença é que todos estavam calmos e falando coisas do tipo:

— Este foi fraquinho!

— Nem deu para ter medo!

E eu tremendo que nem um pateta — com a minha pantufa do Pateta.

Mano, daí a pouco todo mundo voltou para dentro das casas, como se nada tivesse acontecido. COMO SE A TERRA NÃO TIVESSE CHACOALHADO HÁ ALGUNS MINUTOS!

E eu? Por precaução, resolvi passar a noite na escada em frente ao sobrado. Era o lugar mais próximo da rua, caso o tal terremoto resolvesse dar as caras de novo.

Foi uma noite longa. Não dormi, e qualquer porta que batia, qualquer barulho me deixava apavorado! Pelo menos não passei frio nos pés (a-hiac!).

SOLIDÃO

Se você nunca se sentiu sozinho, aquela baita solidão mesmo, aquela coisa pesada, que dá vontade de gritar, de chorar, de espernear... Fico feliz. Gostaria que ninguém passasse pelo que passei.

Não estou mais falando de terremotos, no caso.

Pois bem, lembra que eu falei que as coisas não foram fáceis na Itália? Não foram mesmo! Nada, NADA fáceis. O clima, a língua, a comida... Mas o pior foi a solidão. Fiquei inúmeros fins de semana plantado no sobradinho, e vários outros dias em que o time jogava e eu não ia, pois estava treinando há pouco tempo e ainda tinha aquelas burocracias para resolver com relação aos meus documentos.

No sobrado em que eu morava não tinha nem televisão.

É engraçado que naquelas horas teria sido ótimo ter aquele sono nocauteante que a gente sente quase todo dia, para dormir e o tempo passar mais rápido. Mas o sono não vinha, não.

E eu falava com os amigos, gravava os meus vídeos

(da maneira que dava, totalmente improvisado), ligava para casa de madrugada, saía para dar uma volta no quarteirão... Mas ô DESGRAÇA de tempo que não passava.

Não era só ficar sozinho: era uma sensação de abandono que ia tirando totalmente o ânimo para treinar e me dedicar ao time. Às vezes eu achava que estava maluco, porque estava falando em voz alta comigo mesmo. Mas, sei lá, acho que foi minha maneira de combater o silêncio. Não tinha um barulho na rua nem nas outras casas! Como já disse, era um lugar meio afastado de tudo. Imagina que num belo dia me peguei conversando, levando o maior lero, contando um monte de coisas para uma... Pera!

Uma pera!

Fiquem tranquilos, ela não me respondia. Mas ela escutava bem, era uma ótima ouvinte.

Lembro que tudo o que já gravei na vida foi muito pouco em comparação às grandes conversas que eu tive com minha amiga pera. Falei de mim, dos meus sonhos, dos meus medos, sei lá... Falei de tudo!

Mas não foi só a pera que me ajudou. Meus inscritos, que na época nem eram tantos assim, foram demais! Cara, sem eles nem sei o que teria feito. Toda hora recebia mensagens dando aquela força, me animando, falando para eu não desistir e para eu ouvir meu coração! Dizendo aquelas coisas que um amigo fala para o outro, sabe como é? Ah, meus primeiros inscritos... Se vocês soubessem a importância que tiveram na minha vida, principalmente naquela época. Mano, vou parar senão começo a chorar.

Mas e aí? E depois de tudo isso? Eu pensei, pensei e pensei... até que resolvi voltar para o Brasil... Tá bom, não pensei tanto assim, porque não sou de ficar pensando muito, mas percebi que a gente pode mudar de sonho a qualquer momento da vida. E começar um novo. E começar de novo.

E foi aí que tropecei no meu novo sonho, que estava ali o tempo todo: meu canal.

Descobri que era o que gostava de fazer, que podia fazer junto com as pessoas de que eu gostava, que não precisaria ficar sozinho, e comecei a me dedicar aos meus vídeos. E deu no que deu!

Nunca mais vou me esquecer daqueles momentos de solidão. Nunca mais vou me esquecer da força que meus inscritos-amigos me deram.

E nunca mais comi pera.

ÍDOLOS

Sempre tive meus ídolos. Não muitos, mas posso citar alguns: o goleiro Marcos, do Palmeiras, e o Falcão do futsal. Mais recentemente, o ator Stephen Amell, que é o Arqueiro Verde na série *Arrow*, e o também ator Grant Gustin, que interpreta BARRY ALLEN, O HOMEM MAIS RÁPIDO DO MUNDO. Ou apenas Flash, que é mais fácil de se dizer, na série de mesmo nome.

Mas o ídolo mais improvável foi responsável por uma situação que até hoje lembramos lá em casa. Nós chamamos de O Episódio Rezende-Forrest Gump.

Peraí... você não sabe quem é Forrest Gump?

Tudo bem, foi meu pai que me mostrou esse filme. É sobre um cara que conta várias histórias absurdas (que podem ou não ser verdade) e que passa a maior parte do tempo correndo. Quem interpreta o Forrest é o Tom Hanks, o cara de *O náufrago*. Não a bola de vôlei. O outro, o barbudo.

Peraí... você não conhece o filme *O náufrago*?

Ah, joga no Google aí, vai. Senão a gente vai ficar o dia inteiro nisso!

Enfim, quando dei meus primeiros passos na criação do meu canal — que na época se chamava Gamermestre —, o negócio era tosco. Tão tosco que, num belo dia, muito p#7@ da vida, deletei tudo. TUDO.

Putz, que burrice... Hoje me arrependo muito. Aquilo fazia parte de mim, sabe?

Mas tudo bem, recomecei depois. Era uma luta. Eu e meu pai, como já falei, saíamos à procura dos equipamentos; placa de vídeo, placa de captura, essas coisas que, na verdade, nem sabíamos direito o que eram. Na minha cidade, Londrina, nem tinha mercado para isso. Por isso que eu improvisava tanto.

As coisas foram evoluindo. Passava horas, dias e noites tentando melhorar meu canal (na verdade, estou exagerando, porque eu também tinha treino e escola, mas sempre com a cabeça no canal). Fui conhecendo várias pessoas, entre elas youtubers pioneiros, que passaram a ser meus ídolos, mesmo que às vezes eles nem soubessem. Um deles em especial me marcou muito, por quem tenho muito carinho e respeito até hoje: o Venom — o Eduardo Faria, do canal VenomExtreme.

Ele era o cara. Quando eu pensava em alguma coisa de canal, YouTube, games, essa fera era meu exemplo. Eu queria ser o Venom! O cara tinha milhões de inscritos e eu tinha uns poucos. Ou seja, eu me achava um zero à esquerda, youtubisticamente falando.

Na maior cara de pau, tentei conversar com o ídolo

pela internet e, depois de um tempo, o cara começou a me responder. Meu, demais! Começamos a trocar ideias, eu ficava pedindo conselhos e enchendo o saco do cara. Mas conversávamos somente pela internet.

Então, em 2014, fui com minha família para umas férias em Natal. Eu já tinha uns 500 mil inscritos, já era até que conhecido no meio Minecraft. Nem lembro muito bem como, mas de repente, lá no hotel, eu estava com um tempo livre e resolvi ligar para o fera. Eu já tinha o telefone dele por causa das mensagens que trocávamos, e a pausa na correria durante a viagem de férias foi decisiva para eu tomar coragem e entrar em contato. Acho que insisti tanto que uma hora ele atendeu.

Pá! Tudo em volta se apagou, e me senti indo para o espaço sideral para ninguém me atrapalhar. O que conversamos? Não lembro muito bem! Estava muito nervoso! Coisa de fã, sabe? Mas lembro que eu estava cheio de dúvidas e ele me deu uma força, me deu uns conselhos. Foi surreal! E é agora que você me pergunta: e o Forrest Gump, o que tem a ver com tudo isso?

Calma aí, meu. Já chego lá...

Depois dessa conversa, eu ainda nas nuvens, minha família e eu saímos para um passeio por alguns lugares de Natal. Fomos até um local chamado Praia dos Golfinhos, em que você tem que descer uns 50 mil degraus para poder chegar na areia. Meus pais e meu irmão, empolgados para curtir a praia, o sol, torcendo para ver golfinhos, essas coisas de turista, saca? E eu? Eu pensando: *Cara*, eu falei com o Venom! Caraca, eu sou f*$@... Quer dizer, ele que é, mas como eu falei com ele, agora eu também sou um pouco.

E, de repente, me deu uma vontade de sair correndo. Tirei minha camisa, expus aquele "bronzeado" vampiresco (que até refletia a luz do sol de tão pálido que eu estava) e...

Comecei a correr.

Era uma praia imensa, compriiiida.... Fui até o final dela e comecei a voltar. Passei pelo pessoal, que não entendeu nada. Até ouvi eles gritando:

— Olha o golfinho, ali!

— Ali! Ali tem mais dois!

E eu? Eu nada, eu só queria correr!

Fui até a outra ponta da praia e voltei. E continuei, num frenesi doido de alegria. Se o Aquaman aparecesse na praia em cima de uma baleia, eu ia passar correndo por ele.

Bom, enquanto eu corria, os minutos passavam. Como ficaríamos apenas algum tempo, logo o pessoal foi se juntando para voltar para o ônibus e minha mãe ficou rodando por lá, perguntando: "Cadê o Pedro?!".

E meu pai:

— Sei lá. Tá correndo pela praia!

Lembram que tinha uns 50 mil degraus para descer? Para subir, viravam 100 mil. Eles já estavam lá em cima do penhasco, no ônibus, e o Rezendão?

Sumido!

Meu pai desceu novamente os degraus e lá na praia me viu ao longe, caminhando — porque uma hora eu cansei. Foi ao meu encontro aos berros, bufando de cansaço. Quando me encontrou, eu estava cheio de bolhas no pé, e vermelho igual ao casaco do Papai Noel — mas estranhamente feliz.

Meu pai não entendeu nada.

— Só resolvi dar uma corridinha para relaxar! — eu disse, me explicando, e ao mesmo tempo tentando me livrar da bronca. E mesmo com bolhas nos pés, dei uma acelerada e deixei o velho para trás (que maldade, eu sei).

Subi as escadas e cheguei ao ônibus. Vinte minutos depois chega meu pai:

— Caramba, esses 500 mil degraus matam qualquer um!

O coitado recebeu uma vaia de todos que estavam esperando e voltamos ao hotel numa baita torta de climão.

Resultado do meu surto Forrest Gump? Fiquei o resto das férias com uma camiseta de manga comprida sem poder pegar sol de tão queimado que fiquei. E andando somente nos calcanhares, pois a sola do pé estava cheia de bolhas.

No final daquela tarde de corridas, bolhas e degraus, protegido do sol e olhando para aquele oceano imenso, eu ainda ficava pensando na minha conversa com meu ídolo.

Hoje, as coisas são diferentes. *Bem* diferentes. Por mais que eu tente, não consigo responder a todos que me procuram, e essa é a parte que eu acho mais chata. É tudo muito corrido! Mas procuro atender, responder e aconselhar na medida do possível. Consigo menos do que eu gostaria, confesso! Mas converso com muitos inscritos, e até os recebo na minha casa. Conhecem meus pais, meu irmão... Penso que, se eu puder passar para pelo menos um deles algo parecido com aquelas conversas que tive com o Venom, ficarei feliz.

Obs.: Essa história meu pai contou ao Venom quando ele apareceu num show da ADR em São Paulo, me fazendo uma baita surpresa. Ainda nos falamos! Menos do que eu gostaria, mas nos falamos!

Cara, você é o CARA! Obrigado por tudo. 😃

MINHA INFÂNCIA

COMO FAZER AMIGOS E FRATURAR PESSOAS

Se tem uma coisa em que sou especialista é em fazer amigos.

Não acreditam? Então, vejam só o que aconteceu quando eu tinha uns doze anos...

Havíamos nos mudado para um novo apartamento em Londrina. Em uma exploração inicial do novo ambiente, percebi que a faixa etária dos moradores era, hum..., alta. (RISOS)

Procurei, investiguei, mas não consegui encontrar ninguém da minha idade — na real, não encontrei ninguém que não usasse ao menos um andador ou um aparelho de surdez. Nada contra, mas é que com eles não dava para bater aquela bolinha na quadra de esportes, jogar um video game, aprontar alguma no condomínio. Sabe como é, essas coisas essenciais.

Então, certo dia, chegando da aula, vejo uma mudança sendo descarregada. ESPERANÇA! E, melhor ainda, quando entrei em casa minha mãe já veio dizendo:

— Sabia que mudou uma família nova aqui para o

prédio? E sabia que eles têm um filho, um garoto da sua idade?

Caramba! Minhas preces tinham sido ouvidas! Até que enfim alguém para brincar, jogar, dividir as angústias existenciais da adolescência! Tudo bem, eu tinha meu irmão mais novo, mas não é a mesma coisa. Não ia ter que ficar mais ouvindo: "Cuida do teu irmão! Cuidado com teu irmão! Não machuca o teu irmão! Deixa um pedaço do doce para seu irmão! Deixa seu irmão jogar um pouco!".

Agora era esperar a oportunidade e me apresentar. Mas a verdade é que quem resolveu tudo foi a minha mãe, para variar.

Um dia nos encontramos no elevador. Eu de um lado, minha mãe no meio e o garoto do outro lado. Eu tinha ensaiado como iria me apresentar. Ia até contar uma vantagenzinha... mas, cara, deu tudo errado. Travei, e o cara também. Ficamos com cara de sapato olhando para a frente, duros igual dois cabos de vassoura.

Foi quando minha mãe entrou em ação:

— Olá, tudo bem? Você é o novo morador?

— Sim.

— Qual o seu nome?

— Renato.

— Que bacana!

Que bacana?! Por que "Que bacana!"? O que tem de bacana no cara se chamar Renato?

Mas tudo bem, minha mãe estava se saindo melhor do que eu, então era melhor ficar quieto e deixar ela seguir falando com meu futuro melhor amigo.

Depois de descobrir o nome, ela fez as principais perguntas que todos fazem para alguém da nossa idade. Adivinham quais? Hein?

— Você estuda? Em que ano está?

Essa pergunta é batata! KKKK O menino respondia a tudo de um jeito quase inaudível.

— Já se conhecem?! — prosseguiu minha mãe, impiedosa em sua simpatia.

Meu, não sei o Renato, mas eu me encolhi. Devo ter ficado mais vermelho que uma pimenta.

— Este é o Pedro. FALA OI PARA O RENATO, PEDRO!

E o nosso andar que não chegava... Nunca vi um elevador tão lento.

— Oo... oooii... — resmunguei.

— Oo... ooooi — recebi um resmungo de volta.

Isso é que é uma bela apresentação!

Bom, com a etapa mais complicada vencida, minha mãe surgiu com uma brilhante ideia:

— Por que vocês não vão jogar bola na quadra de esportes para se conhecerem?

Pô, mãe, já conheci, eu pensei. *Já sei o nome, já sei onde estuda, já sei em que ano está. Já está bom por hoje, né?*

Mas vocês sabem como é minha mãe.

E, sob livre e espontânea pressão, naquele finalzinho de tarde nos encontramos para bater uma bolinha

— e estranhei logo de início. Sabem como é, futebol sempre foi sagrado para mim. Mesmo que fosse só para "bater uma bolinha", eu tinha que ir preparado: tênis, meião, aquele calção bem largo até o joelho, uma maravilhosa camiseta (digo, manto) do Palmeiras. Eu fui assim. E o cara?

Meu, o cara foi de chinelo e uma camiseta regata!

Pode isso, Arnaldo? Pode um negócio desses? Maior desrespeito, meu!

Decidi deixar para lá e começamos. Decidimos (na verdade, confesso: eu decidi) fazer aquele jogo tipo gol a gol, sabe como é? A gente leva a bola até o meio da quadra e chuta até o gol adversário. Aí o cara tenta defender e chuta de volta. Uma disputa para dois homens. Adrenalina! Pura emoção! Mas não para quem está de fora, é verdade.

Logo de cara percebi que futebol não era o esporte predileto do meu novo amigo. Maior perna de pau! Mas eu não podia deixar por menos. Tinha que mostrar como se jogava! Não dava para perder a chance!

Bom, para resumir, já estava uns 450 a zero quando resolvi mandar aquele torpedo para finalizar a partida. Competitivo, eu? Imagine!

Me preparei, inclinei o corpo, preparei a perna e...

Bummm!

Foi um foguete. Uma beleza, numa precisão indescritível. Já estava me preparando para gritar o gol, quando o Renato gritou primeiro.

Mas foi um grito de dor, sei lá. Um gemido. Olhei e lá estava ele caído, com a mão direita segurando o braço esquerdo. Devo dizer aqui que ele aguentou firme. Não chorou! Posso ter visto uma lagriminha escorrendo, mas, sim, ele segurou firme.

Me aproximei, com receio.

— O que foi, cara?

— Meu braço, meu braço!

— Deixa eu ver. Deve ser só um... CARAMBA!!

Era melhor nem ter visto.

O braço do moleque estava torto! Num ângulo esquisitíssimo!

Meu, bateu um desespero!

O que fazer?

Acabei procedendo como qualquer cara equilibrado e sensato de doze anos de idade: corri para chamar a minha mãe. Quando ela desceu comigo, o Renato não estava mais lá. Acho que ele teve a mesma ideia e também foi chamar a mãe dele.

Final da história? Quebrei o braço do Renato! Primeiro dia de uma amizade que poderia ter sido linda e longa, e eu vou lá quebro o braço do cara!

Olha, já tinha levado sermão da minha mãe, mas aquele foi elaborado, foi looongo...

Sabe aquele negócio da importância da amizade, do respeito aos coleguinhas etc.? Bom, foi bem por aí. Mas não só isso: tive que ficar uma semana sem jogar bola, mais duas semanas sem video game.

Mas e o Renato?

Felizmente sobreviveu. Fez uma cirurgia, colocou uma platina no braço e se recuperou. Eu fiquei uns dias tendo pesadelos com um braço todo torto querendo me pegar e me arrastar para um buraco que tinha no fundo de um gol.

Renatinho ainda passou uns dois meses sendo paparicado por todo mundo do prédio. Virou o coitadinho, sabe como é? Os colegas da escola vinham visitá-lo, assinar no seu gesso. E, lógico, nunca mais jogamos bola. Acho que ele preferiu ter amigos menos violentos. ☹

Lógico que o procurei para me desculpar. Passamos a jogar só video game.

Mas até hoje fico na dúvida: aquela bola que pegou no braço conta como uma defesa ou não?

DANÇANDO
(SQN)

Quando somos crianças ou adolescentes, tem algumas coisas que são impossíveis de não acontecer com a gente. E uma delas é a famosa e temida festa junina que todas as escolas adoram fazer. Acho que o propósito é só constranger os alunos. Colégios são seres feitos de concreto e sabedoria que vivem séculos se alimentando da vergonha de estudantes tímidos.

Enfim, exageros à parte, passar pelas festas juninas acontece com todos e é uma das grandes certezas da vida. Com certeza aconteceu com você também.

Se os professores pudessem ler os pensamentos, principalmente dos meninos, eles se deparariam com frases como "não, não quero, me esquece, não tem nada a ver, só vou pagar mico", e por aí vai. Pois comigo também aconteceu. E foram várias vezes. VÁRIAAAS vezes. E eu? Evidentemente passava vergonha na maioria, principalmente naquelas situações em que tinha que dançar com uma "coleguinha".

Tá rindo porque já te aconteceu e você hoje acha

engraçado? Ou está com um risinho nervoso porque descobriu que vai acontecer contigo?

Pois bem: antiga 5ª série. No meu colégio, depois de maio já começavam os preparativos. Aquelas professoras mais empolgadas (todo colégio tem uma, as Emissárias do Vexame Alheio) começavam a pensar em como deixariam boa parte dos seus aluninhos queridos vermelhos de vergonha. Ou seria uma bela festa junina ou um festival cultural, com os temas mais exóticos do mundo — pelo menos para mim, que só pensava em futebol e games.

Um adendo: antes que vocês venham me chamando de bagunceiro, burraldino ou qualquer coisa do tipo, saibam que nunca fiquei de recuperação, viu? Mas não coloco isso no meu currículo para não parecer tão convencido... ***cof, cof***

E bem me lembro de duas situações de periculosidade de nível APCM (alto potencial de causar mico).

A lindíssima professora Rose (nome fictício para preservar a privacidade dessa destruidora de moral) comunicou à nossa turminha que iríamos participar de uma festinha junina. Tudo nessa época é *ninha*, *ninho*, tudo no diminutivo. Sei lá por quê. As meninas da sala evidentemente vibraram com a notícia. Os meninos se abalaram! Foi resmungo para todo lado.

Os próximos dias seriam de tormento para a classe masculina. São formados os pares. Ahhhh, os pares! Putz, será que ninguém avisa às professoras que nessa época não é indicado esse negócio de duplinha para dançar?

E eu, como sempre, acabei caindo com a garota mais chata da sala. Ou talvez eu é que fosse muito pentelho e achasse todas as garotas chatas. Sim, é possível.

E começam os ensaios. Todo dia, no finalzinho da aula, íamos para a quadra do colégio e ensaiávamos. Cara, chegava uma hora que eu não aguentava mais aquela música, mas tinha que dançar. Olha a chuva! UUHHHHHH! É mentira! Ahhhh! Olha a cobra! AIII! Mentira! Ahhhh...

E dá-lhe a musiquinha. E dá-lhe sanfona. E dá-lhe professora Rose empolgada.

— Agora cumprimenta o seu par! Iiiisso! Agora faz o túnel! Agora passa por baixo! Agora passa por trás do seu par!

Muita informação pra assimilar. A festa junina tem mais comandos do que o novo God of War. E você tinha que ir arrastando os pés para fingir que era um caipira (mas quem disse que caipira anda arrastando os pés?) em direção ao seu par. Cara, hoje em dia, às vezes juntamos os amigos e fazemos umas festinhas temáticas, só de zoeira. Até acho legal, me divirto! Mas naquela época era um estresse. E a minha parceira não ajudava. Ela encanou que nosso par tinha que ser o mais perfeito da festa. E ficava me corrigindo!

— Levanta o braço! Balança o chapéu! Corteja a dama! Faz isso! E isso!

Eu estava vendo que o negócio não ia dar certo.

E aí chega o dia da festa. Sempre vai todo mundo da família, não vai? Não?! Sortudo! Na minha, iam mãe, pai, avô, avó, tio, tia... Meu pai levava um trambolho de filmadora e a máquina fotográfica pendurada no pescoço. Falava que era para registrar tudo! Todo animadão! REGISTROS DO MEU VEXAME, QUE MARAVILHA!

Quer dizer, a situação só piorava. E nos ensaios finais, antes da apresentação, minha parceira resolveu reclamar de *tudo*. Falou que o meu chapéu não estava legal e que a botina que eu estava usando não era de caipira. Reclamou até do meu bigode. O *meu bigode*, que minha mãe tinha pintado com tanto capricho, com seu lápis de olho!

E a menina foi falando, falando, falando...

Cara, foi me subindo um nervo!

Então tomei uma das grandes decisões da minha vida — no caso, da minha vida de criança na 5ª série.

Resolvi não participar de porcaria de festa junina coisa nenhuma.

Danem-se os pontos no meu boletim (me esqueci de dizer que a maioria participava só por causa do MEIO PONTO acrescentado nas notas). Tomei coragem, respirei fundo, fui até a professora Rose e disse:

— Professora, eu não vou dançar.

A cara de surpresa dela quase me fez voltar atrás. Eu estava arruinando o seu projeto! A sua amada festa! Mas eu segurei as pontas, porque (de vez em quando) comigo é assim!

— Mas por quê, Pedrinho? — ela perguntou, com aquele tom de voz já querendo me convencer.

Eu poderia ter dito que era uma questão de princípios, que achava que aquilo não acrescentava nada ao meu currículo escolar ou que a quadra estava muito lisa, mas eu era criança e não pensei em nada disso.

Só fiquei ali, estático, sem falar nada e provavelmente com cara de choro.

Aí a professora, toda boazinha e percebendo que o negócio estava decidido, falou:

— Tudo bem, calma. Vamos *dar um jeito!*

Nesse ponto eu deveria ter desconfiado e saído correndo. Mas eu esperei. E aí, aconteceu...

Ela me deu uma sanfoninha de brinquedo, me colocou num cantinho e me pediu para ficar fingindo que estava tocando durante todos os ensaios seguintes — e depois, no dia da apresentação. A professora achou que estava me ajudando a não me sentir excluído da coisa toda, mas para mim aquilo era mais um castigo do que qualquer outra coisa. Como dizia meu avô: nada é tão ruim que não possa piorar.

Bom, mas pelo menos não tive que ficar gritando "olha a chuva", "olha a cobra" e muito menos dançar com aquela chata que criticou o meu bigode. Poxa, era a única coisa de que tinha gostado naquilo tudo!

Até hoje meu pai procura a filmagem e as fotos que tirou naquele dia, e só vai descobrir que destruí tudo quando ler este livro.

UM DENTE NO CAMINHO

Cara, dente é um problema pra mim. Outro dia, olhando umas fotos minhas lá do começo do ensino médio, vi uma em que estou todo sorridente e quase tive um troço!

Meu, que dentes eram aqueles? Um ia para um lado, outro ia para outro. Sabe o que eu tô falando? Os dois zagueiros da frente sem se entender?

Corri para dar uma intimada na minha mãe:

— Pô, mãe! Como você me deixava sair de casa assim? Caramba, que sacanagem!

Bem, a verdade é que na época eu não estava nem aí para esse negócio. Eu queria mais era correr, brincar e me divertir. Bater minha bolinha. O resto era resto! Não eram uns dentões que iriam me atrapalhar.

E sempre há tempo para tudo. Depois, quando fui ficando mais velho, aí a vaidade foi aparecendo, sabe como é? Então tive que dar um jeito no visual. Foi quando fui introduzido à tortura desgranhenta que é o aparelho ortodôntico. Não gosto nem de me lembrar dessa época, que bom que passou!

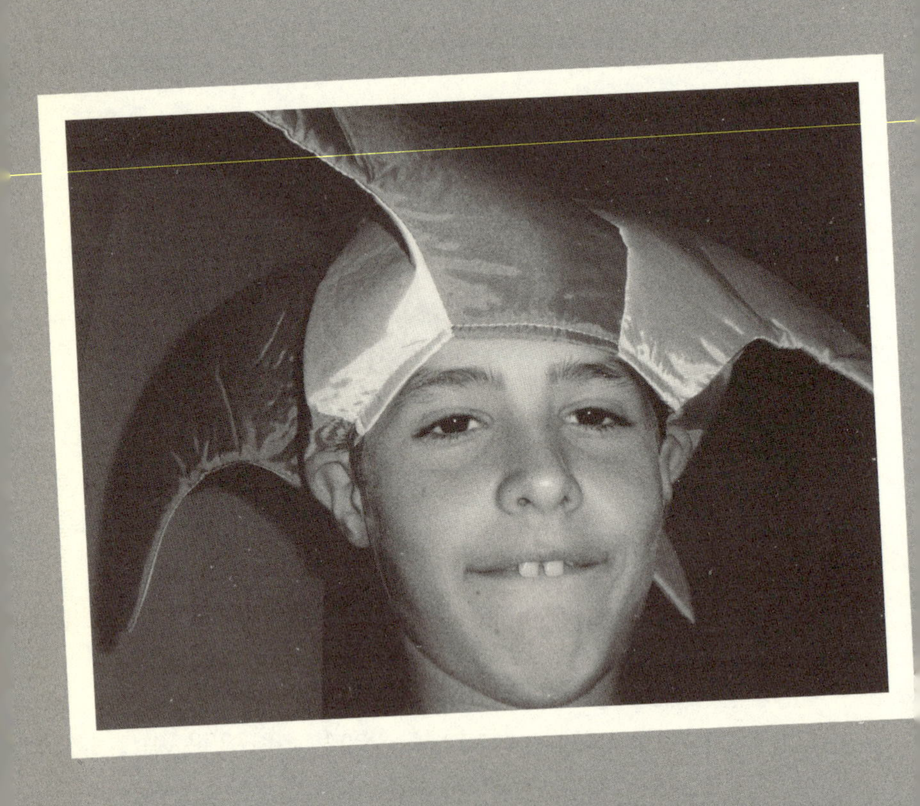

(Estou dramatizando um pouco, nem foram tempos tão desgranhentos assim.)

Mas voltemos aos dentes e ao porquê de eu sempre ter problemas com eles. Vou contar um dos casos que me aconteceu.

Teve uma época em que eu comecei a jogar tênis de mesa (em alguns lugares, incluindo na minha terra, popularmente conhecido como *pingue-pongue*). Fiz um joguinho com os amigos, me empolguei e já cheguei em casa pedindo uma raquete Butterfly para a minha mãe, pois eu queria ser o fera do tênis de mesa. Cara, eu não sei como minha mãe me aguentava. Toda hora eu resolvia que seria o fera de alguma coisa e começava sempre pedindo o melhor material.

Enfim, você deve imaginar que, depois do episódio da minha chuteira Total 90, eu comecei a ficar esperto com ela. Desta vez, para minha sorte, ela comprou a minha raquete O-RI-GI-NAL! E eu me empolguei, claro. Comecei a jogar com os amigos, e fui gostando cada vez mais. Jogo até bem, mas hoje em dia estou sem treino para aquela cortada *a la RezendeEvil*.

Mas e o dente, Rezende?

Bom, então vamos lá. Era véspera de um feriado prolongado e meu pai estava preparando uma viagem há um século. Passaríamos alguns dias na casa de um amigo, numa ilha que existe perto da minha cidade chamada Ilha do Sol. Eu tinha ido à tarde para o clube. Tinha treino de futsal de noite, mas eu queria aproveitar a tarde para "amaciar" minha raquete. E foi uma tarde bem legal. Depois treinei bastante com a minha turma do futsal, enquanto em casa todos se preparavam para a viagem do dia seguinte. Terminado o treino, já de noite, liguei para o meu pai me buscar. Fui até a saída do clube para esperar. E aí começou a lambança. Como eu não tinha nada para fazer e estava ali sozinho, sabe como é, comecei a brincar com minhas duas raquetes de tênis de mesa, para passar o tempo...

Adivinha como?

Ah, adivinha, vai...

Exatamente! Comecei a fazer malabarismo com elas.

Joga para cima, PEGA, joga a outra, PEGA, joga as duas e...

PEGA. Pega bem em cheio no meu dente.

O cabo quebrou o meu dente! Um dos dentões da frente, o centroavante (também conhecido como dente incisivo)!

Cara, o pedaço caiu no chão! Meu, entrei em pânico! Olhei para aquele pedacinho de coisa branca derrubado no chão, tentei respirar fundo, me controlar e: AAAAAAAAAIIIIIII!

Soltei o maior grito do mundo. Vocês já devem ter percebido que sou meio escandaloso, mas ali eu extrapolei. Todos que estavam por perto se assustaram, vieram me perguntar o que tinha acontecido. Eu só resmungava, pois não queria abrir a boca e expor a minha janela dental. Putz, só comigo mesmo!

Alguém pegou o dente, que estava caído, morto,

desfalecido no chão, e colocou em um copinho com água ou leite, sei lá. Acho que era leite!

Cara, que raiva! Só uma besta como eu para quebrar o dente com uma raquete de pingue-pongue!

E a viagem?

Cara, faltando um pedaço do meu dente eu não iria *nem ferrando!*

E aí chega meu pai.

Do carro ele já viu a minha cara de terror. Fui em direção a ele com a raquete em uma mão e o copinho com o pedaço do meu dente na outra.

— O que aconteceu?! — ele perguntou, todo preocupado.

E eu respondi:

— Brungsmurg csger fata a!

(Tradução: quebrei meu dente fazendo malabarismo com uma raquete de pingue-pongue enquanto te esperava.)

Cara, nem para o meu pai eu queria abrir a boca. Ele percebeu na hora, e ficou uns cinco segundos pensando se me dava uma bronca ou se me apoiava naquele momento tão difícil.

Lógico que ele escolheu me dar a maior bronca.

— SÓ VOCÊ MESMO! Sempre o Pedrão aprontando! E agora?!

Bom, eu é que queria saber. *E agora?* Uma vida inteira sem um pedaço do dente? Talvez até tendo que usar uma dentadura?!

Sei lá, cara. Nessa hora passa de tudo na cabeça.

Meu pai me levou para casa, e aí minha mãe também entrou em pânico.

Mas foi um pânico útil, porque ela saiu ligando para todas as amigas até que achou uma que conhecia um cara que trabalhava para a tia do filho de alguém que conhecia um sujeito que tinha um primo de segundo grau dentista.

Então, ela conseguiu o número do cidadão.

Coitado, ele estava num churrasco com os amigos! E não é que a minha mãe conseguiu convencer o cara a me atender naquela hora?

Só de garantia, pegamos o carro e fomos buscar o dentista lá no churrasco.

— Por quê? — perguntei. Na verdade, eu disse algo mais parecido com um "Ponsfê?".

— Vai que ele bebeu um pouco e não consegue dirigir? — minha mãe respondeu.

Brincou! SÉRIO MESMO!?

Se ele não consegue dirigir, como vai arrumar o meu dente?!

Mas eu só pensei e não reclamei nadinha, pois jurei que não abriria a boca até ter meu dente de volta.

Felizmente, o dentista estava sóbrio, foi muito legal e nos acompanhou até o consultório. Chegando lá, perguntou o que tinha acontecido. Minha mãe relatou a minha babaquice com as raquetes. Ele pediu o pedação do dente para ver o que dava para fazer.

Minha mãe olhou para mim e perguntou:

— Está com você, *né*?

Só balancei a cabeça negativamente.

Ela começou a ficar vermelha, os olhos começaram a esbugalhar...

Aí, nesse momento, a campainha do consultório tocou. Era meu pai com o meu dente dentro do copinho. UFA!

Bom, depois de tanta desgraça, as coisas acabaram dando certo. O dentista conseguiu colar o meu dente. Ficou perfeito! O cara era um artista! Deixou torto e separado como era antes!

Bom, depois daquele estresse todo, resolvemos nem viajar. Fizemos uma maratona em casa de todos os *Harry Potter* e *Star Wars*. Todos foram solidários e ninguém comeu pipoca. Foi muito legal, na verdade! E choveu e fez frio. A viagem teria sido muito ruim!

Na verdade, eu acabei salvando o feriado de todo mundo. Podem agradecer.

Mas a coisa não acaba por aí. Talvez por causa do meu dente quebrado eu tenha criado uma relação mágica com dentes...

Curitiba, tempos depois.

Curitiba sempre foi uma festa. Todas as apresentações que eu fiz lá, fossem tardes de autógrafos, presença em eventos ou peças de teatro, sempre foram memoráveis. Mas a primeira vez foi tumultuada! Foi na primeira tarde de autógrafos do meu primeiro livro — *Dois mundos, um herói* —, numa livraria de um shopping. Lembro que acordei com uma baita dor de garganta, com febre, mas pegamos o voo de Londrina para Curitiba cedinho. Eu não tinha nem *ideia* do que era uma tarde de autógrafos. Cara, não fazia a mínima noção do que aconteceria por lá. Acho que ninguém tinha ideia, na real...

Quando cheguei na livraria, fiquei assustado. Tinha uma multidãããão por lá! Uma MEGAMULTIDÃO! Eles tinham distribuído 250 senhas, que viraram 500, que depois viraram não se sabe quantas. Comecei ao meio-dia e dez da noite eu ainda estava lá, autografando. Cara, foi surreal.

Na verdade, do que mais me lembro, até mesmo pelo local e pelo sucesso, é da apresentação da peça *Batalha dos Mundos*. Sabe onde? Mano, no Teatro Guaíra. Cara, o teatro Guaíra é O TEATRO. Famoso no Brasil inteiro. Meu, foi muito, mas muito legal.

Bem, deixando de enrolação, o que tudo isso tem a ver com o dente?

É que, depois das apresentações, eu sempre faço uma sessão de fotos com a plateia. Dependendo do lugar, dá até para ser individual, mas às vezes tem que ser em grupo por conta do tempo limitado e da quantidade de pessoas. Não importa como, eu sempre faço. E, durante essas fotos, eu ganho presentes, lembranças, cartas etc.

Na época que eu fazia minhas lambanças com amoebas, eu voltava dos espetáculos com dezenas, às vezes centenas de gelecas que me davam de presente. Uma vez eu ganhei, em Maringá (se não me falha a memória), um coração de pelúcia gigante. Guardo até hoje. Aliás, eu guardo tudo que ganho.

Então, estávamos lá tirando as fotos e recebendo os presentinhos depois do espetáculo, quando se aproxima um garoto com a mão fechada, timidão.

— E aí, pronto para uma foto? — perguntei, tentando quebrar o gelo com o menino.

— Sim — ele respondeu —, mas tenho um presente pra você também.

— Legal, deixa eu ver!

Aí ele abriu a mão e lá estava alguma coisa esbranquiçada, meio sei lá... Parecia um...

Um dente.

Peraí...

UM DENTE!

Ô loco!

E o menino lá, me olhando, pegou e falou:

— Eu não tinha nada pra trazer pra você. Aí como meu dente caiu ontem eu resolvi guardar e te dar.

E já foi colocando o dito-cujo na minha mão, deu um sorrisão para a foto e se mandou.

Fiquei com o dente na mão meio... *sei lá, o que faço agora?*

Olhei para o meu pai, que tinha ido comigo daquela vez, com cara de socorro. Ele, para variar, já estava começando a dar risada da situação, mas veio me ajudar. Pegou o molar (depois ele me falou que era um molar), embrulhou num papelzinho e colocou do lado dos seus óculos de sol, numa cadeira ali perto. E continuamos a sessão. Um tempo depois, quando tudo acabou, a primeira coisa que perguntei para o meu pai foi:

— Meu, você viu aquilo? Foi carinho ou ele estava me zoando?

— Acho que foi carinho — meu pai respondeu, rindo. — Até guardei separado dos outros presentes para darmos uma olhada com mais calma. Vou lá buscar!

Meu pai foi, e como ele demorou pra voltar, eu fui atrás para ver o que estava acontecendo.

Encontrei ele procurando os óculos por todo lado. Nos camarins, nas coxias, atrás das cortinas no palco. Ele tinha deixado o dente junto com os óculos.

— Eu deixei os dois juntos por aqui! Tenho certeza!

Conclusão: sumiram com os óculos do meu pai e roubaram o dente que estava junto. Cê acredita?

Meu pai nunca mais viu os óculos e eu nunca mais vi o dente.

Mano, até hoje eu não sei se pegaram os óculos e levaram o dente por engano ou se o alvo era o dente mesmo... Nunca vou saber. Mas ainda me pego pensando se aquele era um dente mágico que daria poderes a quem o esfregasse. Me pergunto se aquele menino não era uma criatura de outra dimensão me confiando a tarefa de proteger o Dente da Realidade, me tornando o guardião daquele artefato tão poderoso.

Bom, acho que eu sou um péssimo guardião.

REZENDE REVOLUCIONÁRIO

De vez em quando, nas entrevistas ou conversas, principalmente com os pais dos seguidores, me vem a pergunta: como você era na escola? Era bom aluno? Gostava de estudar? Queria fazer faculdade?

No começo, eu ficava sem jeito para responder a essas perguntas. Pareciam um tipo de armadilha, entende? Conversei muito com meus pais sobre isso. O conselho sempre foi: *fala a verdade*.

— Não inventa — meu pai sempre dizia. — Não crie um personagem. Seja o que você é e pronto.

Aliás, a essa altura do livro alguém pode até dizer: nossa, você só fala da mãe, do pai, do irmão.

Opa.

Assumo que falo muito deles, pois nas minhas grandes "aventuras" de infância e de adolescência, felizmente estavam todos do meu lado. Agradeço por isso e tenho o maior orgulho de citá-los nas minhas histórias. Quem acompanha meus vídeos sabe do que sinto por eles e do que eles sentem por mim. Foi sempre assim, desde que me lembro, e continua sendo. Divido com eles minhas dúvidas, minhas angústias, minhas alegrias. Eu sou um cara de sorte. 😃

E a escola? Bom, eu e o João também tivemos muita sorte. Para poder fazer faculdade e se manter, meu pai foi professor de ensino médio e cursinho durante mais de vinte anos. Dava aulas de química e biologia. Além disso, sempre foi apaixonado por literatura, história, filosofia... Desde os primeiros anos escolares, estudava comigo antes das provas, e fez isso até o terceiro ano do ensino médio.

E pegava pesado!

Ele ficava preocupado com as organelas da célula e eu com o jogo do dia seguinte. Talvez, por esse apoio e preocupação, nunca fiquei de recuperação ou prova final. Posso dizer também que em relação às notas nunca dei muito trabalho.

Mas quando o assunto era o meu comportamento na escola, hum... digamos que às vezes eu aprontava *um pouquinho.* De vez em quando, eu era gentilmente convidado a sair da sala, fazer uma visita à supervisão ou levar uma cartinha para casa. Motivos? Ah, mano... tinha umas coisas que eu não aguentava, e aí em vez de ficar quieto, eu abria o bocão, começava uma discussão e ia parar na coordenação (até rimou!).

Exemplo 1: o professor chegava mal-humorado na sala, e do nada dava uma bronca no Xupeta (amigo meu) que não estava fazendo absolutamente nada naquele momento. O Xupeta tentava argumentar e o professor o colocava para fora da sala. Aí o pateta aqui entrava na história e resolvia defender o amigo. Conclusão: eu e o Xupeta na coordenação (rimou de novo, juro que não estou fazendo de propósito).

Exemplo 2: Todos os dias tinha gente que esquecia a carteirinha para entrar no colégio (inclusive eu). Mas num belo dia, o Toshio, que nunca esquecia... esqueceu. E o que aconteceu? O porteiro não deixou o Toshio entrar. O porteiro estava certo? Na visão dele e do colégio, sim. E na visão do baderneiro aqui? Uma injustiça! Se fosse eu, o Xupeta, o Guilherme ou até a Ana Luiza... tudo bem! Mas o Toshio?! Pô, o cara nunca fazia *nada* errado! Resultado da indignação: Toshio e eu na coordenação.

Exemplo 3: Aula de educação física. Aquele esquema de sempre, o professor soltava uma bola e deixava a molecada correndo até dar o tempo da aula. Meu, tem moleque que nem sabe o que é uma bola. Gosta de outra coisa, de outro esporte — ou às vezes nem gosta de esporte. Mas o professor botava o cara pra correr na quadra! Aí vinham "os craques" e começavam a zoar o Guga, que era um menino perna de pau mas muito legal. Davam rolinho, bola no meio das pernas, faziam de bobinho. Aquilo foi me irritando... Na educação física, eu costumava jogar na linha, né... Aí chegou uma hora em que eu dei uma dividida um pouco mais forte com um dos "craques", o mala se esparramou pelo chão, e eu escutei o apito do professor. Resultado final: Pedro na coordenação.

Eram coisas desse tipo que me aconteciam — eu era vítima das circunstâncias, não exatamente o "problema".

Ok... Na real, tem uma coisa que "aprontei" e de que me lembro com certo prazer.

Foi o evento que mais tarde ficaria marcado na história como a Revolução do Ketchup.

Sabemos que maionese e ketchup são mais importantes que o lanche em si — porque ele pode até ser uma porcaria, mas tendo maionese e ketchup, tudo fica mais fácil de mandar pra dentro.

E você acredita que num belo dia, lá no meu colégio (que era particular e caro pra caraca), a cantina resolveu que ia começar a cobrar pelos sachês de ketchup?

Meu, quando eu soube da notícia, surtei. Pensei no prejuízo que ia levar. Eu usava vários sachêzinhos por salgado!

Passei um fim de semana inteiro pensando em como resolveria aquela parada. Na verdade, foi fácil. Na segunda-feira mesmo comecei a levar meu próprio ketchup e minha própria maionese.

Fiquei sossegado por alguns dias, apenas usufruindo de meus próprios condimentos.

Mas, cara, aquilo foi me incomodando e crescendo dentro de mim...

No terceiro dia, eis que apareço na escola com uma mochila cheia de sachês de ketchup e maionese. Montei acampamento perto da cantina e colei uma plaquinha de "Maionese e Ketchup grátis" na parede. Assim, comecei a campanha de distribuição de condimentos.

Aquilo era guerra. Uma guerra comercial, eu contra o Império da Cantina.

Eu dispunha de duzentos reais para financiar a minha campanha. Por dois dias foram duas filas: uma para comprar o lanche e outra para pegar o ketchup e a maionese na barraca do Pedro Afonso.

Mas por que só dois dias?

Porque, no terceiro dia, o revolucionário aqui foi chamado onde? Onde? Adivinha? Na coordenação? Não, mas também rima: na direção. Cara a cara com o diretor.

— E aí, Pedrão. Sempre agitando, não é? — disse o diretor amigavelmente. No fundo, acho que ele estava vendo graça naquela situação. — Até quando vai conseguir trazer os sachês para distribuir?

E eu, meio tremendo, mas me mantendo o mais tranquilo possível, respondi:

— Tenho meus fornecedores.

O diretor ficou olhando para mim, acho que meio sem saber o que fazer. Me encaminhou para a coordenação e ganhei meu presentão: dois dias de suspensão. Putz cara, eu só me metia em fria. Hoje... hoje eu estou um pouco pior. kkkkkk

Cheguei em casa e expliquei para os meus pais. Eles também acharam a coisa toda um tanto injusta, mas nunca foram de ficar indo muito no colégio para justificar as lambanças dos filhos. Cada um era responsável por seus atos. Meu pai, como sempre, falou:

— Vai ficar em casa estudando! Pega a matéria com os colegas. Não pensa que vai ficar só na folga!

E não fiquei na folga mesmo. Adiantei três vídeos do meu canal, que ainda era pequenininho e que eu gravava só de noite, quando chegava dos treinos. Mas não falei nada pra ele (até hoje, né?).

Mas e o balanço da guerra?

Dois dias depois voltei ao colégio e fui recebido como herói. O ketchup e a maionese voltaram a ser gratuitos, mas o reconhecimento durou pouco tempo. Acho que, em uma represália e inesperada virada política, o dono da cantina começou a distribuir um ketchup e uma maionese tão ruins, mas tão ruins, que logo o pessoal começou a achar que a culpa de tudo aquilo era minha. Até o Xupeta e o Toshio brigaram comigo — logo eu, que apoiei suas causas!

Bem, não se pode vencer sempre. Afinal, se você quer começar uma revolução, esteja pronto para arder junto com ela!

FINAL

Não gosto de opinar sobre coisas muito sérias ou passar a impressão de que quero ensinar alguma coisa a alguém ou aconselhar outras pessoas, porque, sinceramente, não me sinto muito preparado para isso. Não é que eu não tenha opinião, mas acho que o foco do canal não é esse.

Quando me perguntam sobre o "conteúdo" que eu produzo ou quando tentam desqualificar o meu trabalho, sabe o que respondo? Que não quero mudar ninguém, nem salvar o mundo. O que eu quero é divertir as pessoas — mas também sei que pessoas que estão de bem consigo mesmas são as mais preparadas para mudar e para fazer coisas boas.

E, definitivamente, eu quero me divertir. Só isso. Me divertir fazendo o que gosto.

E é inevitável: quando fazemos o que nosso coração pede, alguma coisa nós aprendemos — vários pontos de XP são acumulados no processo. Com o meu trabalho, aprendi a perseverar. Aprendi que as opiniões dos outros podem te ajudar, mas se não forem de alguém que quer o seu bem, não precisam ser ouvidas. Vamos dar atenção a quem se importa conosco.

Outra coisa que aprendi foi a não me abater com críticas e a não me embriagar com os elogios. Se algo está muito fácil, provavelmente é porque também está errado. Aprendi que posso ajudar mais pessoas do que jamais imaginei. Aprendi que, inacreditavelmente, um vídeo, uma palavra, uma visita a um hospital ou a um orfanato faz diferença para muita gente. E descobri que também faz para mim! Aprendi que sonhar é o mais importante, e que a realização de um sonho é sempre algo maravilhoso, mas que isso depende de muito trabalho, de muita dedicação.

Confirmei que os amigos verdadeiros são aqueles que estão sempre do nosso lado, que nosso maior apoio vem da família, e que tudo só vale a pena se houver felicidade e prazer.

Aprendi também que, quando eu não quero falar muito sério, acabo falando!

Então acho que é isso, galera. Gostaria que vocês soubessem que em todos estes anos de canal eu pude conhecer muita gente que admiro, famosos e pessoas comuns com histórias extraordinárias. Ganhei muitos presentes (até um dente, olha só!), mas acho que o maior de todos foi me sentir conectado a milhões de pessoas através de algo em comum.

Meus livros anteriores ajudaram a ampliar essa sensação, e também foram a realização de um sonho — com eles, nós continuamos em contato mesmo off-line. E se vocês me emocionaram várias vezes me contando suas histórias, viajando quilômetros para me ver ou mandando cartas imensas, esta é a minha resposta para vocês, e o meu agradecimento. Espero que estes fragmentos da minha vida os divirtam e emocionem.

Vou nessa que tenho uma live para fazer e mais livros em que pensar!

ESTA OBRA FOI COMPOSTA EM FEDRA, HEROIC E FAGO PELA ABREU'S SYSTEM E IMPRESSA EM OFSETE PELA LIS GRÁFICA SOBRE PAPEL PÓLEN BOLD DA SUZANO PAPEL E CELULOSE PARA A EDITORA SCHWARCZ EM JULHO DE 2018

A marca FSC® é a garantia de que a madeira utilizada na fabricação do papel deste livro provém de florestas que foram gerenciadas de maneira ambientalmente correta, socialmente justa e economicamente viável, além de outras fontes de origem controlada.